가끔은 세상에서
사라지고 싶어서

Scandinavia 330 days

양성훈
여행수필

contents

1/3 **GOTHENBURG**
150 DAYS   가끔은 세상에서 사라지고 싶어서

2/3 REYKJAVIK
30 DAYS

너라는 이름의 백야

3/3 TROMSO
150 DAYS

그 밤 오로라에게

GOTHENBURG 150 DAYS

가끔은 세상에서 사라지고 싶어서

그대 울던 밤

잠시 떠나 있겠습니다.

큰일이 있었던 건 아닙니다. 대단한 결심을 한 것도 아니지요. 그저 집으로 돌아오는 길에 문 앞에 서서 바로 들어가지 못하고 불 꺼진 창문을 한참 바라보는 일이 많아졌습니다. 골목은 언제나 겨울 숲처럼 고요하기만 했지요. 나는 꽃이 지듯 약해지고 있었습니다.

당신이 그랬습니다. 검은 밤하늘 가운데 가장 밝은 별이 삶인 줄 알았지만 막상 살아보니 사는 일이 다 거기서 거기였다고. 그러니 별이 되려 몸부림치지 말고 그저 안녕히 안녕히 살면 된다고. 나는 그 말을 참 배우고 싶었지요. 그런데 말입니다, 어떻게 가슴에 불을 끄고 안녕히 살 수 있는지 아무리 생각해도 답을 찾을 수 없었습니다. 내가 참 바보인가 봅니다. 별이 되려는 게 아닙니다. 당신 말처럼 그저 안녕히 살고 싶어서, 그래서 잠시 떠나는 겁니다.

나는 어른이 된다는 게 무엇인지 많이 궁금했습니다. 어떤 사람이 그러더군요. 그건 이제 누군가를 책임질 수 있게 되는 거라고. 아직 나하나 가슴도 건사하지 못하고 이렇게 버거운데, 그럼 나는 평생 어른이 될 수 없을지도 모른다는 걱정에 두려웠습니다. 한때는 이렇게도 생각을 했습니다. 어른이 된다는 건 내가 꼭 대단한 사람이 될 필요는 없다는 걸 이해하는 것이라고. 그래서 평범한 내 삶을 용서하게 되는 거라고. 하지만 지나 보니 세상에 평범한 사람은 아무도 없다는

걸 알게 된 겁니다. 저마다 삶이 저렇게 눈부시고 선명한 것을요. 그러니 나는 다시 찾아야 하는가 봅니다. 어떻게 어른이 되어 안녕히 안녕히 살 수 있을까요?

가슴에 상처가 가득 쌓인 당신과 작지만 아늑한 집을 두고 떠나는 건 사실 많이 두려운 일이었습니다. 하지만 마음에 작은 꽃 하나 키우지 못하고 살게 되는 일이 더 끔찍했습니다. 안녕히 살지 못하고 살아지는 것으로 사는 것이 무서웠습니다.

돌아와야 하는 때가 되면 그때 다시 봄이 되어 돌아오겠습니다. 꽃이 다 지고, 바람이 불고, 추운 겨울 지나 다시 꽃이 피고, 그래서 사는 일이 꼭 그런 것을 더 배우고 나면 그때는 다시 돌아오겠습니다.

당신과 같이 안녕히 안녕히 살 수 있게 되면 그때 돌아오겠습니다.

혼자서 같이

어느 날 아주 긴 여행을 떠나고 싶어졌을 때, 다행히 너무 많은 걸 갖고 있지 않거나 운이 좋아서 짐을 꾸릴 수 있는 기회가 허락됐을 때, 그때 찾아옵니다. 한 귀퉁이가 낡거나 바래버린 책들을 정리할 때, 조금 귀찮고 또 조금 아쉬운 그 일을 하는 늦은 새벽에 찾아옵니다.

내가 가슴에 품고 살던 나의 사람들.

두꺼운 일기 속에, 아무 것도 아닌 사진 속에 오래 살던 그들이 나를 가운데 두고 동그랗게 모여 앉습니다. 그리고 까만 밤이 맑아질 때까지 말을 걸기 시작하죠. 긴 여행을 앞두고 짐을 정리하는 척하며 사실은 오래된 마음을 열어보는 것입니다. 사람들과 꼬깃꼬깃 이야기들을 모두 꺼내 보고, 먼지를 털고, 두고 가야 하는 사람들의 얼굴을 다시 조심스레 기억하는 것입니다.

여행이 사람을 키운다고 하는 말은 이제 앞으로 만날 크고 놀라운 저 너머 세상 때문만이 아닙니다. 빤히 앞과 내일만 보고 걷는 내가 가만히 뒤돌아볼 수 있기 때문일 겁니다. 나를 이루는 사람들에 대해 마음 다해 한 번 상냥해질 수 있기 때문일 겁니다.

누구나 큰 짐을 꾸릴 때는 오래된 사람들을 데려다가 옆에 앉혀 놓는 법입니다. 그러다가 어느 때는 모르는 새, 짐 속에 같이 담아버리는 것이죠. 그러니 이렇게 말해야겠습니다.

나는 긴 여행을 혼자서 가지만, 당신도 같이 간다.

가슴을 여행하는 사람

예테보리에 행복하고 따뜻한 계절이 찾아왔다. 스톡홀름 다음으로 큰 스웨덴 남서부의 항구도시. 10월이 되면 오후에 벌써 해가 지기 시작하고 본격적으로 비바람이 몰아치는 이곳에서 8월에서 9월에 이르는 두 달은 거짓말을 조금 보태자면 꼭 천국을 가져다 놓은 것처럼 눈부신 계절이다. 도시 한복판을 지나 바다에 이르는 작은 운하 옆 공원에는 온통 초록빛이 넘쳐나고, 살짝 덥다 싶을 때면 북해에서 불어오는 바람이 온몸을 슬그머니 안고 지난다.

이때가 되면 다 어디 숨었는지 평소 한적하기만 했던 시내와 공원에 사람들이 넘쳐난다. 저마다 친구, 가족들과 삼삼오오 모여 광합성을 하고 있다. 그중 제일 달달한 풍경은 단연 연인들의 몫. 특히, 이제 막 시작한다는 듯 주뼛주뼛한 풋내기 연인들을 구경하는 것이야 말로 내게는 놓쳐서는 안 되는 재미 중의 재미다.

찰싹 달라붙어 서로를 물고 빨며 진한 애정씬을 연출하지도 못하면서, 또 그렇다고 멀리 떨어져 앉지도 못한다. 그러다가 은근슬쩍 손을 잡기도 하고 조심스럽게 서로의 어깨에 머리를 기대기도 하는 것. 그 뒷모습을 지켜보고 있으면 소심하고 소박한 떨림이 고스란히 느껴졌다. 그들은 사람에게 떠나는 여정을 이제 막 시작하는 중이었다.

여행이 무슨 엄청난 벼슬인 것처럼 나의 여행이 이만큼 나를 키웠다고, 그러니 너도 떠나보라고 말하는 사람들이 있는지도 모르겠다. 한

술 더 떠서 어디 멀리 떠나보지 않은 채 어떻게 네가 세상을 알겠느냐 타박하는 사람도 있을지 모르겠다. 하지만 고백하자면, 사실은 이러하다.

사람들은 모두 끝없이 자신의 여행을 떠나고 있다. 간혹 다른 나라를 여행하고 가끔은 좀 더 멀리 자기 가슴을 탐험한다. 때로는 가장 멀리 다른 사람의 마음으로 여행을 떠난다.

오늘도 햇볕이 너무 맑아 카메라 하나만 달랑 둘러매고 설렁설렁 운하로 산책을 나갔다가 풋내기 연인들을 만났다. 파란 잔디 위에 꼭 그렇게 파랗게 그 아이들이 막 또 다른 여행 이야기를 쓰는 중. 스물한 살 그리고 스물세 살. 온 세상의 시간이 전부 멈추고 그 아이 둘이 가만히 서로에게 여행을 떠나고 있다.

사람은 누구나 다른 사람의 가슴에
나무를 심는다

'사람은 살면서 누구나 다른 사람의 가슴에 나무를 심는다.'

에릭이 스웨덴 말로 쓰인 책의 한 구절을 정성스럽게 노트에 베껴 적고 있기에 대체 무슨 뜻이냐고 물으니 그가 번역해준 글귀다. 이혼하게 된 누나에게 그는 이 말을 꼭 전해줘야겠다고 했다. 나는 이걸 전해 받은 그녀의 얼굴을 상상했다. 그녀는 자신을 조금 더 용서할 수 있게 되는가. 그녀의 남편을 조금 더 이해할 수 있게 되는가.

살면서 몇 번인가 땅에 나무를 심었다. 식목일 같은 날이었다. 내가 심은 묘목들이 진짜 나무가 되었는지, 아니면 어느 겨울 얼어 죽었는지 알 길이 없었다. 사람의 마음에도 나무를 심게 된다는 걸 한참이 지나서야 알았다. 다만 그때 내가 착각했던 건, 꼭 땅에 심은 묘목처럼 사람의 마음에 심은 어린 나무도 때로 동사한다고 여겼던 것. 그런데 그게 아니었다. 누군가의 가슴에 심은 것들은 모두 반드시 나무가 되는 것이었다.

당신은 가슴에 나무를 심었던 일을 기억하지 못할지도 모른다. 내 마음에 심은 것도 까맣게 잊어버렸을 것이 틀림없다. 어쩌면, 당신이 내게 심은 나무는 자라지 못하고 죽었다고 혼자 서러웠을지도 모를 일. 하지만 당신이 틀렸다. 그저 아주 오랜 시간이 걸렸을 뿐, 그래서 사람이 기다리지 못했을 뿐, 여기 당신이 심어 놓은 자리에서 자란

나무 아래 나는 살고 있지 않는가.

그러니 아무리 사람을 믿지 못해도 그의 가슴에 나무를 심을 수 없다고는 말하지 마라. 나무 하나 누구의 가슴에 심지 못하고 사랑하는 것만큼 허투루 사는 일이 없다. 부디 사랑이 다 지고 아무 것도 남은 게 없다고 슬프지도 마라.

당신이 사막이 되지 않고 사는 것은 누군가 당신의 가슴에 심은 나무 때문이다.

사랑의 천 가지 정의

언젠가, 그를 다 가졌으면서도 아무 것도 갖지 못했던 듯한 기분은 뭘까. 네가 나를 보고 웃고, 네가 써서 붙여 놓은 작은 메모들이 현관 문 앞에, 베란다 창문에, 화장실 거울에 아무 데도 가지 않을 것처럼 꼭 붙어 있는데. 방 한편에 가지런히 놓아둔 네 여행가방 두 개가 이렇게 눈에 밟히는 이유는 뭘까.

사랑은 믿는 것이라고 누가 말했다. 너는 가만히 고개를 끄덕이다가, 믿지 못한 것까지 사랑이라고 고쳐 말했다. 나는 무엇이 너에게 그런 사랑을 가르쳐줬는지 알 길이 없었다. 누가 도둑처럼 그 조그마한 가슴에 다녀갔는지도 모르겠다. 어쨌거나 너는 사랑을 그렇게 이해하고 있었다.

프랑스에서 온 모간에게 사랑은 놀이기구 같았다. 크리스마스 선물 상자 같기도 했다. 세상에서 가장 신나는 것. 궁금하고 즐거운 것. 쉬지 않고 마구 마구 행복이 솟아났다. 한편, 크로아티아에서 온 티나에게 사랑이란 꼭 아프리카 같은 것이었다. 가만히 눈을 감고 아득한 그리움으로 그려보는, 한 번도 가본 적 없지만 꿈에라도 언젠가 가고 싶은. 그러며 조금씩 조금씩 부단하게 기다리는 것이었다.

사랑을 정의하는 것도, 기억하는 것도 모두 달랐다. 우리는 저마다 연습한 만큼, 겪어낸 만큼, 딱 그만큼만 사랑을 이해하고 있었다. 똑같은 사랑 하나를 두 사람이 사이좋게 나눠 갖는 것이 아니었다.

그러니, 네가 바람을 닮아 좋았으면서도 또 그처럼 바람 같을까 무서운 것은 너 때문이 아니라 내가 겪어낸 사랑 탓이었다. 낮게 천천히, 또 낮게 코를 고는 네 머리카락을 가만히 쓸어 넘기다가 나는 다시 잠을 깨고 말았다. 그마저도 온전히 나 때문이었다.

나약한 생물입니다

_날씨가 참 달다.

에드몬드는 그렇게 말했다. 물론 처음부터 그의 이름이 에드몬드인 걸 알았던 건 아니다. 나는 다만 아주 조용히, 주인이 영어를 못하는 관계로 아주 엉뚱하게 나와 버린 이상한 파스타를 먹고 있었다.

_날씨가 참 달다고!

꼭 그 파스타처럼 이상한 이 남자는 내가 모른 척하자 다시 힘줘 말했다. 그제야 그를 천천히 바라보고 고개를 끄덕여줬다. 이상한 사람과는 말을 섞지 않는 게 상책인데. 그런데 밖에 우산도 들지 못할 정도로 세차게 불고 있는 비바람이 당신 말처럼 묘하게 달게도 보이네.

에드몬드와 같이 합석을 하게 된 것은 순전히 그의 친화력 덕분이었다. 소심한 나는 아주 외로울 때가 아니면 낯선 사람들에게 쉽게 먼저 다가가지 못한다. 하지만 그는 좀 다른 사람. 엉뚱하고 궁금한 것이 많고 그래서 묻는 걸 좋아했다. 영어 발음도 또박또박. 아주 오랫동안 씻지 않은 것 같은 쾌쾌한 냄새가 났지만 그도 나에 대해 비슷한 생각을 할지 모르니까. 그리고 무엇보다 무슨 말을 하든 적극적인 그의 리액션은 정말 맘에 들었다.

에드몬드는 한국을 많이 좋아했다. 유럽을 여행하다 보면 한류 덕분

인지 한국 스타와 유행에 대해서 줄줄 꿰고 있는 사람들을 어렵지 않게 발견할 수 있는데, 그와는 조금 달리 에드몬드는 한국 자체를 좋아했다. 작년 두 달 동안 한국을 여행한 적이 있었는데 무엇 때문인지 몰라도 반해버렸단다. 내년 여름 결혼식을 올리면 한국으로 신혼여행을 떠나려고 돈을 모으고 있다고도 했다. 북유럽을 여행하면서 돈을 모으고 있다니. 좀 말이 안 되지만 어쨌든 그는 이상한 사람이니깐 패스.

_실은 나는 아주 약한 사람이거든.

사실 이게 제일 재미있던 부분이다. 어떻게 프랑스를 떠나 1년여 동안 목적도 없이 북유럽을 여행하느냐고 묻자, 꼭 비바람 치는 날씨가 달다고 말했던 것처럼 그는 아주 엉뚱하게 대답했다. 약한 사람이라서 그렇다고. 이건 또 무슨 뚱딴지같은 소리.

그는 아주 나약해서 다른 사람처럼 살 수 없었다고 했다. 날마다 같은 시간에 일어나는 것도, 똑같은 일을 반복하는 것도 할 수 없었다고. 그래서 일단은 이렇게 여행을 하는 것이라고. 세상에, 사람은 누구나 자신의 여행을 포장하기 마련인데. 이를테면 꿈을 찾아서, 모험을 하고 싶어서, 청춘을 즐기려고, 아니면 자유롭고 싶어서 같은. 그런데 그는 다른 사람처럼 살기 싫어서가 아니라 살 수가 없어서라니. 그것도 약해 빠져서 그렇단다. 나는 그의 대답처럼 김빠지고 솔직한 이유를 처음 들었다.

'나는 참 약한 생물입니다.'

수첩을 꺼내 파란 펜으로 적어보았다. 그리고 그걸 찢어 벽 한가운데 붙여 놓았다. 그에게서 주워들은 이 청승맞은 문장 하나를 적어두고 나니, 이것 참 희한하다. 꼭 에드몬드처럼 엉뚱하게도 마음이 한참 가벼워진다.

프로그램을 잘못 다운로드 받는 바람에 컴퓨터가 바이러스에 걸려 중요한 파일 몇십 개를 날리고 고치느라 30만 원이 들었다. 몸살 기운은 나아질 기미가 보이지 않는다. 나는 실수를 많이 하고 가끔 다치고 또 길도 잃어버린다. 하지만 그의 말을 빌리자면 당연하지 않은가, 나는 약한 생물이니까. 당연히 때로 무너져도 괜찮다. 나는 아직 약하니까. 어쩌면 내가 듣고 싶었던 위로가 이런 것이었는지도 몰랐다. 사람들은 강해야 한다고 가르쳐주곤 했다. 하지만 어쩌면 그렇게 믿느라 스스로를 몰아세우는지도 몰랐다.

하지만 오늘 나는 참 약한 생물. 그러니 천천히 울고 배우고 연습하면 되는 것. 약하다는 말은 그래서

든든하다.

울지 못하는 자들 ╲

남자가 울고 있었다. 여자는 커피를 마시고 있었다. 나는 커피를 기다리는 중이었다. 주변 사람들의 시선이 두 사람에게 쏠렸지만 남자도 여자도 그런 건 신경 쓰지 않는 것 같았다. 남자가 무슨 잘못이라도 한 것일까? 귀를 기울여봤지만 스웨덴 말을 알아들을 수 있을 리가 없다.

그때 여자가 일어선다. 남자는 꼭 어린아이처럼 여자의 연두색 블라우스 한 귀퉁이를 꼭 잡는다. 놓치면 다시는 잡을 수 없다는 듯. 눈물은 그치지도 않는다. 여자는 원래 차가운 사람이거나 독한 사람이었을지도 모르겠다. 그게 아니라면 저리 안쓰럽게 울고 있는 사람을 무표정하게 바라볼 수 있을 리가. 마침 주문한 테이크아웃 커피가 나온다. 남자와 여자를 더 지켜보고 싶었지만 어쩐지 그러면 안 될 것 같았다. 남자에게 너무 미안할 것 같았다. 그래서 카페를 그냥 나와 버렸다.

저녁으로 뭘 먹으면 좋을지 사소한 고민을 하며 걷고 있는데 누군가 쌩하고 나를 지나쳐 걸어간다. 어찌나 걸음이 빠른지 찬바람이 다 휙 분다. 그러고 보니, 아까 그 연두색 블라우스를 입은 여자. 기어이 울음 많은 남자를 남겨두고 왔나 보다. 저렇게 차갑고 독한 걸음으로 앞으로 영영 남자를 떠날지도 모르겠다. 그런데 그때. 여자가 왼 손등으로 얼굴을 훔친다. 그러더니 또 오른 손바닥으로 얼굴을 닦아낸다. 보이는 건 그녀의 뒤통수뿐이었지만 틀림없이 두 손으로 그녀는 자꾸만 쉬지 않고 양쪽 눈을 닦아내고 있었다. 아, 저 여자는 울고 있구나.

당신은 아무리 내 얼굴을 들여다봐도 무슨 생각을 하고 있는지 알 수가 없을 때가 많다고 했다. 당신을 내 얼굴에서 찾을 수 없는 것 같다고 한 적도 있다. 그런데 나는 그때 당신을 생각하는 것만으로도 숨이 차는 중이었다. 내 안에 나는 없고 아무렇지도 않은 나의 일상도 없고 당신이 가득 차서 숨을 쉴 수가 없을 것 같았다.

이기적인 사람들의 특성이 있다. 그건 자기를 잃어버리고서는 살 수 없다는 것. 나는 어쩌면 내가 아는 가장 이기적인 종류의 사람. 당신이 내 앞에서 울었다. 나는 그걸 한참 바라보고 있었다. 그 앞에서 나도 얼마나 무너지고 싶었나. 하지만 나를 잃어버리는 것도, 그걸 보이는 것도, 또 나를 잃어버린 것을 당신이 다 아는 것도 두려웠다. 만약 당신 앞에서 울 수 있었으면, 그랬으면 나는 조금 비었을 텐데.

누가 또 자신을 잃어버릴까 두려워 남몰래 우는가. 나는 커피 잔을 꼭 쥐었다.

가슴사진기

기억나요, 당신이 신고 있던 밝은 초록색 신발
빨간색 고양이 머리가 그려진 조금 비싼 카디건
검정색 줄무늬 머플러
두꺼운 옷 사이에 숨은 마른 멸치 같은 몸
눈썹 위로 가지런히 내려앉은 바가지 앞머리

그런데 잘 기억이 나질 않죠, 내가 입고 있던 무엇
병든 병아리처럼 당신 앞에서 꺼내 놓던 약해 빠진 말들
그날 나는 머리를 감았던가 아니면 모자를 썼던가
잘 가, 라고 말했었나 어쩌면, 또 봐, 라고 했었나요.

이별할 때 사람들은 가슴에서 투명한 사진기 하나를 꺼낸다고 해요.
찰칵, 하고 마지막 장면을 찍는 거죠.

어느 날 문득 그 약했던 때의 내가 몹시 궁금해져
사진을 꺼내 아무리 살펴봐도
카메라 이쪽에서 사진을 찍고 있던 나는 보이지 않아요.
하기야 당연한 일이죠, 사진 속엔 피사체만 있는 것이.

아, 그러면 혹시 당신의 사진 속엔 내가 있을까요.
그 소심했던 이별의 날에
내 옷을, 표정을, 말을, 그리고 나의 절망을
당신의 가슴사진기가 찰칵, 찍어 두었을까요.

그 사진을 언젠가 꼭 한 번 보고 싶어요.
바보 같다 해도 어쩔 수 없죠.

알고 싶어요. 나는 당신을 어떻게 보내준 사람이었는지.

위대한 이유

스톡홀름 거리에서 하얗게 몸을 팔고 있는 당신을 만났다.
조금 떨어져 유심히 바라본다.
한쪽 다리를 꼬았다가 풀었다가.
블라우스 세 번째 단추를 잠갔다가 열었다가.
가만. 저게 뭘까.
아, 당신 십자가 목걸이를 걸고 있네.
맙소사, 그 신이 당신이 뭐 하는지 다 눈치 채고 말 텐데 도대체 어쩌
려고 그래요?
당신, 나는 한참 멀었다는 듯 깔깔 웃으며 답해준다.

신이 다 알기 때문에 위대한 것이 아니다.
오직 그만이 모든 인간의 모든 절망을 이해하기 때문에 위대하시다.

그대를 읽는 카페

동네 베이커리에서 파는 빵을 사 먹고 느린 걸음으로 골목을 걷다가 그 카페에 도착했다. 간판 없는 카페에서는 소녀들이 미완성의 디저트를 판다. 홀로 떠나왔거나 홀로 떠나갈 사람들만 자리에 앉아 한 방향을 바라보며 고요하게 커피를 마신다. 수많은 혼자들이 카페에 모여 얼마나 외로웠을까. 그런데 이상한 일이다. 외로움이 외로움을 만지고, 결핍이 결핍을 메우는 것은.

어떤 목적으로든 혼자 떠나는 여행은 훨씬 느리고 깊은 숨쉬기를 요구한다. 한 골목에서 다음 골목으로 넘어갈 때까지 몇 번의 하늘을 만나고, 몇 번의 자기를 세고, 몇 번의 한기와 멀미를 느낀다. 나는 그들이 어떤 핑계를 대든 상관없이 결국 자기를 관찰하고, 기록하고, 그리려는 사람들이라 생각한다. 저마다 아직 작품을 완성하지 못한 화가이거나 마지막 낱말 하나를 찾아 헤매는 시인이었다.

가장 나쁜 버릇을 끊는 일

내 방 건너편에 스물다섯 살짜리 여자아이가 산다.
베트남에 두고 온 좋아하는 남자에게 다른 여자가 생겼다고 한다.
벌써 일주일째 그 아이는 잘 웃지도 않고
어깨가 축 처진 채로 가끔 운다.

조는 미국에서 왔다.
그는 이곳으로 이민 온 한국 사람과 한 달 정도 데이트를 했다.
그리고 미국으로 돌아갔다.
엊그제 그 한국 사람을 만나 술을 한잔 했다.
조가 몹시 그리운 모양이다.
검은 눈동자가 잠깐씩 찰랑거린다.

나는 당신의 전화를 한참 기다렸다.
아무 것도 먹지 않은 날도 있었다.
아무 잠도 자지 않은 날도 있다.
노여운 마음을 몸살같이 앓았다.

사람들은 이미 떠나간 사람을 가슴속에 다시 데려와
스스로 괴로워하는 못된 습관을 가지고 있었다.
이 세상에 그처럼 나쁜 버릇이 또 없었다.

잘못된 습관을 뜯어고칠 때는
일단 질리도록 해보고 한 번에 뚝, 잘라내야 하는 법이래!
마침내 담배를 끊고 술을 끊은 친구 녀석의 피 같은 조언.

그러니 당신도 나도
마음의 병이 깊기 전에 실컷 괴로워하시라 맘껏 그리워하시라.
그리고 이 젠장맞을 버릇을 고칠 때는

뒤돌아보지 말고 한 번에 뚝! 하시라.

요로결석

맞다. 구급차가 오지 않아 스웨덴에서 그 비싼 택시를 타고 병원 응급실로 실려 가면서 기억이 났다. 십여 년 전에 어머니가 갑자기 배가 아프다며 데굴데굴 거실에서 뒹굴었다. 내 상식선에서 저렇게 급박하게 배가 아픈 건 맹장염이 틀림없었다. 하지만 병원 응급실에서 몇 시간에 걸친 검사 끝에 내린 결론은 뜻밖에도 요로결석. 그리고 다음날 땡그랑 하고 아주 작은 돌멩이가 어머니 뱃속에서 나왔다. 어머니의 고통과 몸부림에 비해 요로결석이라는 병명이 어딘지 시시하다고 여기면서도, 몸에서 돌멩이가 나오다니 참 신기한 병이 다 있다고 생각했다.

다시 허리가 찢어질 것 같은 통증이 찾아온다. 나는 택시의 시트를 꼭 움켜쥐며 소리를 질렀다. 사실 이 통증은 벌써 사흘 전에 시작됐다. 등 쪽이었다가 어느 순간에는 배 쪽에 가까운 듯도 했다.

외국에서 병원에 가기란 아주 골치 아프고 돈이 많이 드는 일. 웬만한 일이 아니면 피하는 게 상책이다. 그래서 참고 참다가 오늘밤 드디어 일이 터진 것. 잠을 자려고 누웠는데 지독한 통증이 시작되더니 붉은 소변이 나왔다. 그러고는 으악. 누가 손을 넣어 내 등을 들쑤시고 있는 것 같았다.

그래서 마침내 도착한, 아, 젠장할 스웨덴 응급실. 꼭 내가 죽어도 눈하나 꿈적하지 않을 것 같다. 이렇게 허리가 끊어질 것처럼 아픈데

번호표를 뽑고 무조건 기다리라는 것. 뭐 이리 터무니없는!이라고 항의하고 싶었지만 일단 영어도 문제거니와, 무엇보다 이 응급실의 대기실에는 정말 나같이 오만상을 찌푸린 사람들이 많아도 너무 많았다. 똥 마려운 강아지처럼 앉지도 서지도 못하고 내 이름이 불리기만을 기다리고 있으려니, 외국의 응급실에서 나라는 사람이 참 기가 막히게 처량하다. 주사를 맞고, 몇 가지 검사를 하고 나니 아무래도 요로결석 같단다. 그리고 마침내 내가 손에 든 것은 새끼손가락만 한 수십 개의 좌약. 이걸 어떻게 엉덩이에 집어넣는담? 링거를 꽂은 채 누워서 하얀 천장을 멀뚱멀뚱 바라보고 있으려니, 또 젠장, 이처럼 서러울 수가 없다.

다시 비싼 택시를 잡아타고 돌아갈 수는 없는 일이어서 집까지 좀 걷기로 했다. 왠지 심통이 나서 몇 번이나 길에 널린 돌멩이를 걷어찼다. 몇 년 전에도 갑자기 구토가 나며 온몸이 쑤셔서 혼자 구급차를 불러 응급실에 간 적이 있었다. 아주 늦은 새벽, 꼭 이렇게 링거를 다 맞고 터덕터덕 걸어 나오려니 그렇게 심술이 날 수가 없었는데, 이것 참 나이가 좀 더 들어도 병원만큼 고약한 것이 또 없지 않은가.

어쨌건 이번에 확실해진 것 하나. 그게 뭐든 사는 일에 채이고 고꾸라져도 이 몸뚱이의 안녕— 이것만큼 귀하고 절절한 게 세상에 또 없다. 이 녀석이 내 재산의 전부. 내가 가진 무기. 내가 가진 방패다. 어디 하나 고장나면 큰일 나는 여행자의 몸뚱이다.

당신은 새 집을
찾게 될 것이다

사람이 떠나고 텅 빈 집을 보는 것만큼 슬픈 일은 없어요, 라고 그가
말했다고 해도 괜찮다. 이렇게 답해주면 된다. 걱정하지 마요, 금방
새로운 사람이 나타나 그 집을 가득 채울 거예요. 그러면 그는 또 이
런 말을 할지도 모르겠다. 하지만 당신은 어떻게 해요, 오래 살던 당
신 집은 이제 없어지는 거잖아요. 이번에도 염려할 필요는 없다. 이
렇게 말할 테니까. 괜찮아요, 나는 또 어딘가에 새 집을 찾을 거예요.

거짓말이 아니었다. 당신이 여행을 하는 동안 만난 어떤 사람들은 그
들이 두고 간 것을 다시는 찾지 못할까 봐 걱정되어 어디로도 떠나지
못하고 있는 것이었다. 그러면 당신은 이렇게 말해주곤 했다.

북해에 가면 섬들이 아주 많아요. 그중에 Valkommen 섬이 있죠.
그곳에 가면 바다가 내려다보이는 꼭 다른 색색 무지개 같은 마을이
있어요. 거기 바위산 위에 누군가 떠나고 남은 집이 하나 있죠. 정 갈
곳이 없으면 거기로 가요. 당신 집이 될 테니까. 고만고만한 작은 항
구에는 버려진 지 오래된 자전거도 있고, 누구나 길 가다 따먹을 수
도 있는 사과나무를 심어 놓은 마음 좋은 사람들이 많이 살고 있어
요. 거기서 당신 살림을 차리고 살면 되죠.

아, 이렇게 덧붙이는 것도 절대 잊어서는 안 된다. 그곳이 길 위든 숲
이든 바다든 낯선 사람들의 곁이든 상관없어요. 모든 떠나는 사람들
은 반드시 새 집을 만나게 되어 있어요. 거기다 야무진 짐을 풀고 낯

선 방에 몇 장의 사진을 붙이며 당신 집을 짓게 될 거예요. 사랑하는
사람들의 사진을 진열하면 새들처럼 그이들 추억이 잊지 않고 그 집
을 방문할 거예요.

그러니 정 안되겠으면 그 섬에라도 가면 된다. 검고 추워 보이는 길
위에서 당신이 떨게 되는 일 같은 건 절대로 절대로 없을 것이다.

초밥 형님

예테보리 대학 근처에 초밥집이 하나 있다. 꼭 3일에 한 번씩은 그 초밥집에 가곤 했다. 스웨덴에서 초밥집을 그리 자주 가다니 무슨 호 사냐고 묻는다면, 천만의 말씀. 이상하게도 길에서 사 먹는 패스트푸 드와 이 집의 초밥 가격이 크게 다르지 않았다. 하기야, 스웨덴에서 초밥은 유럽의 다른 국가와 비교해서 이상할 만큼 물가 대비 저렴한 편이긴 하다.

고추냉이와 간장의 비율을 2:1로 아주 걸쭉하게 만들어서 초밥에 듬 뿍 찍어 입속에 넣으면 코끝이 찡하고 정신이 혼미할 정도로 톡 쏘는 그 맛. 나는 거기에 중독이 되어 있었다. 카페인처럼 적절하게 보충 해주지 않으면 아무것도 생각나지 않고 머릿속에 고추냉이를 뒤집어 쓴 연어초밥이 떠올라서는 사라질 생각을 하지 않는 것이었다.

그렇다고 내가 미식가인 건 절대 아니다. 일단, 식탐이 많은 사람은 미식가가 될 수 없는 법이니까. 웬만한 음식이 다 맛있기 때문. 냄새 에 좀 예민한 편이라서 특별히 냄새가 심한 음식이 아니라면 난 정말 로 대부분의 음식이 꽤 맛있게 느껴진다.

그러면서도 가장 맛있는 것은 단연 외국에서 먹는 한국 음식이다. 하 지만 안타깝게도 스톡홀름이 아니고서는 스웨덴은 한국 음식점을 찾 기가 보통 어려운 게 아니었다. 예테보리도 마찬가지. 인터넷에서 한 국 음식점이 있다는 이야기를 보고 찾아가봤지만 웬걸, 이건 어설프

게 흉내 낸 바보 같은 한국 음식과 중국 음식을 합쳐서 팔고 있는 정체를 알 수 없는 아시안 식당이었다. 가격만 눈이 튀어나올 정도. 그러니 내게 있어 이 저렴하면서도 맛이 기가 막힌 초밥집은 뭐랄까, 어떤 신성한 장소랄까. 비어가는 초밥 접시를 보는 건 왜 그리 마음 쓰린지.

초밥집 문을 열고 들어가면 나를 향해 활짝 웃어주는 아주 잘생긴 아시안 청년이 있다. 또박또박 웃으면서 한국말로 안녕하세요, 라고 인사하는. 매번 혼자 와서는 구석에 앉아 조용하고 야무지게 초밥 한 접시를 뚝딱 해치우는 나를 눈여겨봤나 보다. 나중에 알고 보니 그냥 내 행색이 너무 한국 사람 같았다고. 그의 친한 친구가 한국 사람인데 그와 내가 참 많이도 닮았다고 했다.

우리는 아주 조금씩 친해졌다. 안녕하세요, 예절 바르게 인사하고 초밥을 먹다가 눈이 마주치면 씽긋 한번 어색하게 웃는다. 간혹 오늘은 연어 상태가 별로니까 흰살생선 초밥을 먹으라고 주인 몰래 알려주기도 하고, 사실 이 집이 좋은 쌀을 쓰는 게 아니어서 초밥 가격이 그렇게 저렴한 것이라고 비밀을 털어놓기도 했다. 고추냉이는 언제나 넉넉하게 다른 사람의 두 배 정도. 고추냉이를 입에 넣고 눈을 찡긋 감고는 두고두고 음미하는 나를 보며 한국 사람은 다 그런다고 생각할지도 모를 일.

그는 몽골에서 온 사람이었다. 돈을 아주 많이 벌러 왔지요, 하고 수줍은 듯 말했다. 나는 그를 볼 때마다 아, 생긴 것부터 말투, 행동, 웃음까지 어쩜 저리 단정할 수 있을까, 생각했다. 내게 여동생이나 누이가 있다면 틀림없이 당신을 소개시킬 것이었다. 하나도 알지 못해도 오래 아는 것처럼, 꼭 다 믿는 것처럼 당신은 아주 좋은 사람이라고 말해줄 텐데.

일주일에 두세 번씩 빼먹지 않고 들른 덕에 어느덧 주인과 그와 나는 함께 노래방을 갈 정도의 사이가 되어 있었다. 정확히 말하자면 노래주점에 더 가까웠다. 노래방 기계와 무대가 한쪽에 있고 사람들이 자기 차례가 되면 무대에 올라 노래를 부르는. 홀에서 맥주를 마시다가도 어느새 같이 어울려 합창을 하고 춤을 추는 곳. 그나저나, 멕시코인이 운영하는 일본 스타일의 스웨덴 노래방이라니.

좀 부끄럽지만 '쿵따리샤바라' 한 곡을 신나게 열창하고 내려왔다(그곳에 있는 몇 곡의 한국 노래 중에 내가 부를 수 있는 유일한 노래였다). 빨개진 볼을 식히고 있는데. 그가 노래를 시작한다. 와, 당신 이래서 노래방에 가자고 한 거였군! 꼭 가수처럼 기가 막힌 노래. 당신의 얼굴을 보면 아주 못하는 노래를 겨우 부르고 수줍게 자리에 앉아서는 또 단정하게 맥주 한 잔을 마실 것만 같은데. 오히려 노래만큼은 꼭 폭발하려는 사람 같구나.

어쩜 그리 노래를 잘하나요. 바보 같은 내 질문에 또 단아하게 웃으며 그는 몽골에 있을 때 꽤 오래 밴드에서 노래를 했다고 대답했다. 가수가 되고 싶었던 적이 있었는데 지금은 그냥 돈을 많이 버는 게 제일 좋단다. 그러고는 한사코 사양하는데도 그는 내 맥주를 샀다.

꿈을 팔고 돈을 찾아 아주 멀리 온 사람. 당신이 질 안 좋은 쌀로 밥을 지어 만들어주는 초밥이 왜 그리 맛있는지 알 길이 없다. 내가 아는 것이라고는, 세상이 꼭 고추냉이 같다는 것. 나는 당신같이 단정한 형님이 그런 내 세상에 꼭 하나 있었으면 하고 바랐다.

그러면. 따뜻하고 반듯한. 그래서 한없이 좋은 그런 형제가 있으면 꼭 고추냉이 같은 이 세상이 얼마나 만만할까. 그리 얕잡아 보이면 또 얼마나 좋을 것인가.

당신이 절대
하지 말아야 하는 것들

당신이 스칸디나비아를 여행하는 동안 하지 말아야 하는 일들이 몇 가지 있다.

크리스마스만큼은 피해야 한다.

모르는 사람은 그곳이 산타의 고향이지 않느냐, 그러니 얼마나 화려한 크리스마스일까 하겠지만 막상 이곳 사람들은 모두들 크리스마스가 되면 세상의 불을 끄고 사랑하는 사람이 기다리는 집으로 돌아간다. 어느 곳에도 마음을 두지 못하고 불 꺼진 거리를 함부로 걸어 다니는 사람들은 전부 외로운 여행자뿐.

어쩔 수 없이 크리스마스에 여행하게 됐다면, 아무리 외로워도 절대 사랑에 빠져서는 안 된다.

집을 떠나 만난 사람을 사랑해도 되는 걸까요, 당신이 그 사람에게 물었다. 그도 크리스마스에 버려져 한참 약해진 사람이었다. 돌아보면 내가 사랑했던 사람들은 모두 어딘가에서 떠나온 사람들인 걸요, 당신이 한 번 더 수작을 피웠다. 마침내 그 사람이 대답했다. 그래요 같이 있어요 그럼. 나는 상처가 아주 많은 사람이니까 사랑한다는 말만 하지 말아요.

휴우. 어쩔 수 없이 사랑에 빠졌더라도, 절대로 절대로 약속만큼은 하지 말아야 한다.

세상에 여행자만큼 달콤한 사람은 없다. 그들은 가진 게 없으니 전부 줄 수도 있는 사람. 당신도 그 사람이 아니면 가진 게 없는 사람이었다. 그러니 많이 포기하지 않고도 다 내어줄 수 있었지. 당신은 눈이 녹으면 바다를 보러 가자고 했다. 바람이 그치면 바다 건너 얼음산에 살고 있는 순록들을 보러 가자고 했다. 별마다 허투루 약속했다.

오늘 그 사람을 만나 와인을 한 잔 하고 당신의 이야기를 들었다. 그는 여행 가방에 들어가지 못하고 한참 남겨진 짐 같은 사람이어서, 당신이 해준 약속들을 하나도 빠짐없이 곱게 잘 접어 슬픔과 슬픔 사이에 빼곡하게 꽂아 놓았더라. 사랑하게 됐다는 말 무서워서 그 대신 당신에게 들은 말들이 모두 약속이 되어버렸더라. 그래서 당신은 너무 많은 약속을 해버렸더라.

지켜지지 않은 약속을 기억하며 산다는 것은 끔찍한 일이다. 고작 한 철의 부끄러운 약속들만 당신 대신 그에게 남겨져 있었다.

바람도 아프다

어차피 헤어지는 일은 나무와 바람 사이의 일 같은 게 아니던가요?
하나는 떠나고 하나는 남겨지는 것.
그는 바람이고 나는 나무가 되는 법이죠.
심술궂은 바람이 나무를 잔인하게 흔들고
무심히 가는 거죠, 이별이란.

늦은 가을과 겨울 사이 예테보리 전역에 몸을 가누기 힘들 정도로 세차게 바람이 분다. 거리마다 걸어 놓은 외등도 죄다 흔들리고 길은 사람도 없이 텅 빈 채 덩그렇게 놓여 있다. 꼭 누군가 거리를 훔쳐가 버린 것 같다. 그러는 날이면 바람이 나무를 삼킬 듯 흔드는 소리가 도시 여기저기서 들려온다.

어느 날 밤 자려고 누웠을 때 그 바람 소리가 너무 커서 이건 나무가 흔들리는 소리라기보다 차라리 바람이 우는 소리 같았다.

우루루룽 우루루룽

검은 벽에 걸려 바람이 부서지는 소리, 고약한 나무에 걸려 바람이 찢어지는 소리. 어떻게 저리 바람이 갈래갈래 다 찢어지는가. 그것이 야말로 바람이 우는 것이었다. 베인 것이 틀림없는 바람이었다.

아, 나는 정말 나무만 우는 줄 알았지, 나무에 할퀴어 바람이 우는 것은 알지 못했다. 남겨지는 것들의 슬픔만 알았지 떠나는 것들의 마음도 부서지는 줄 몰랐다. 남은 나의 외로움만 알았지 떠나는 그대 가슴이 어떨 것은 짐작도 하지 못했다.

당신이 버리고 내가 버려지던 날, 저 검은 바람 같던 당신 마음도 찢어졌을 것이었다.

눈이 되면 어쩌나

오래 겨울을 참은 나무들은 얼음과 구분이 되지 않았다. 이정표는 방치된 채 까맣게 눈을 뒤집어쓰고는 잊혀졌다.

나는 마음이 조그마한 사람이었다. 그러니 내게는, 겨울 정거장에 나가 그대를 기다리는 것보다 나 기다린 것을 그대 모르는 게 더 잔인했다. 그대에게 나는 저 눈이 되어버리면 어쩌나.

언젠가 그대 꼭 눈치 채라고 눈밭에 찍어 놓은 발자국 하나.
자꾸 눈 속으로 들어가 버린다.

눈의 정거장

창밖에는 차갑고 사나운 바람이 부는 소리. 눈은 허벅지 높이까지 쌓여 있고, 온도계를 보니 영하 20도. 스웨덴 최북단 아레(ARE) 마을의 겨울은 예상했던 것 보다 훨씬 지독하다. 예테보리에서 아레까지 야간기차를 타고 여덟 시간 남짓 달려온 길. 맘을 단단히 먹고 가장 두꺼운 코트에 귀마개, 양털장갑까지 준비했지만 혹독한 한파를 이겨내기엔 역부족이다. 밤에 산책을 나가기로 했던 계획을 취소하고 자정이 조금 넘은 시각, 우리는 난로 앞에 모여 앉아 눈 쌓인 겨울 정거장을 오래 보고 있다.

_혹시 철새들이나 연어들이 얼마나 오래 여행하는지 알아?

누군가 물었다. 연어는 집을 떠나 바다에서 살다가 8천 킬로미터나 되는 길을 돌아온다. 고작 몇 년의 시간일지 모르겠지만, 잘 생각해보면 연어들 입장에서는 말 그대로 평생을 쉬지 않고 죽을 때까지 여행하는 셈. 검은가슴물떼새도 알래스카에서 남미 끝까지 평생 수만 킬로를 비행한단다.

_별빛의 여행도 있지.

맙소사, 별빛까지 나왔군. 반짝반짝 빛나는 금성의 빛이 제 고향을 출발해 지구에 오기까지 1억 킬로미터. 금성보다 더 멀리 있는 별들은 수백 광년을 날아온다고. 그때, 누군가 다시 말을 꺼낸다.

_뭐니 뭐니 해도 물의 여행이 가장 길지.

우리는 고개를 갸우뚱했지만 그의 논리는 이랬다. 철새나 연어나 생이 다하면 여행은 멈추는 것이다. 별빛도 그렇다. 언젠가 그가 닿아야 하는 곳에 닿으면 긴 여행도 끝나는 것. 저 금성의 빛도 마침내 우리의 눈에 닿아서 그 여행을 마쳤다. 하지만 물은 지구가 태어나서 지금까지 한 번도 쉬지 않고 여행하고 있지 않을까? 하늘로 땅으로 바다로 또 나무에게로. 아, 가끔 쉬기는 하지. 바다가 되어 고여서 쉬고, 얼음이 되어 쉬고, 밖에 쌓인 저 엄청난 눈이 되어서 또 한 철을 쉬고. 하지만 결국 다시 세상이 끝날 때까지 여행을 해야만 한다. 닿는 곳에서 멈추지 않는다.

물의 여행이라. 나는 꽤 그럴싸한 말이라고 생각했다. 다시, 창밖에 눈의 정거장이 보였다.

길고 긴 여행을 하는 물이 잠깐 눈이 되어 지구의 추운 마을 어디에 멈춰 선다. 간신히 겨울을 버티고 있는 자작나무 머리에, 아주 오래되어 늙어버린— 그래서 이제 삐거덕 삐거덕 듣기 싫은 쇳소리를 내는 철로에, 정거장에 쌓인다. 그러며 꼭 다시는 움직이지 않을 것처럼 겨울 내내 멈춰 있다가는 봄이 되어 어디론가 흘러간다. 다시 긴 여행이었다.

아래라는 이름의 눈의 마을. 눈이 되어 물이 쉬는 곳. 그 길지 않은 한 철 동안의 정지를 저녁내 바라보고 있다. 언젠가 다시 흐를 것을 누구도 의심하지 않았다. 언젠가 저 멀리 있는 바다로 나가 물고기들과 산호들을 가득 채울 것이 분명했다. 따뜻한 바람을 타고 다시 하늘로 오르고 또 눈이 되어 이곳에 돌아올 것도 틀림없었다.

누구의 삶이 오늘 밤 눈이 되어 있는가.
누구라도 삶을 잠깐 정거장에 멈춰 놓아야겠다고 정했을 때.
이 정거장에서 겨울을 다 보내고
그의 삶은 다시 봄이 되어 반드시 흐르게 될 것.

눈의 규칙이었다. 물의 여행이었다.

혼자의 위안

아무도 무언가를 기다리지 않는 빈 정거장만 보아도 마음이 얼얼한 것이 사람 아닌가. 꽁꽁 얼어붙은 호수 위에 누군가 남겨 놓은 발자국만 보아도 가슴이 털썩 주저앉는 것이 또 사람이다.

하얀 눈만 새까맣게 내려앉는 철로에 우두커니 서서 아무도 내리지 않고 타지도 않는 밤기차를 구경하다가 돌아왔다. 기다리는 이 없어도 어딘지 모르게 아쉬운 마음 없었다. 세상에 사람이 아무리 많아도 지금은 저 눈과 나, 우리 둘 어디 한 군데 부족함 없지 않은가.

그러니 이렇게 외로운 것도 좋다.
누구도 곁에 없는 것도 좋다.
가끔은 아무 곳에도 갈 곳이 없는 것도 다행이다.

그러면 한없이 내리는 저 눈들마저 절절한 위로가 된다.

공벌레 등을 닮은 사람

내가 빤히 바라볼 때 당신이 부끄러워 눈을 피하는 것도 좋고, 음정과 박자가 잘 맞지 않는 탓에 남들 모르게 조용히 속으로만 흥얼거리는 당신 노래도 좋지만, 사실 나는 당신의 얇고 마른 등을 보는 게 제일 좋습니다.

어렸을 때 많이 가난했던 우리 집 재래식 화장실엔 공벌레가 참 많았지요. 어쩜 그리 똑같은지, 동그랗게 말고 침대 한편에 웅크려 자는 당신의 하얀 등을 몰래 바라볼 때, 그러다가 문득 심심해져 당신을 깨우지 않으려고 조심스럽게 그 등을 만질 때, 손끝에 오는 따뜻한 느낌에 나는 꼭 녹아서 사라질 것만 같습니다. 그 등을 쓰다듬으면 당신처럼 약해 빠진 내가 어떤 중요하고 튼튼한 사람이 된 것만 같아서, 그래서 당신의 밤을 나 혼자 오롯하게 잘 지키고 있는 것 같아서 참 좋습니다.

나는 예전에는 누군가의 등을 만지는 것이 이렇게 애틋한 일인지 몰랐어요. 누군가 내 등을 만지는 것이 얼마나 든든한 일인지도 알지 못했습니다. 두 개의 약한 몸이 서로의 등을 가만히 번갈아 지켜주는 것이 이렇게 좋고 슬프고 먹먹한 줄 겨우 이제야 알겠습니다.

얼마나 많은 사람들이 당신 곁에 왔다 갔는지 모르겠지만, 또 어느 날 우리가 서로에게 마음을 다 써버려서 어쩌면 아무 것도 남은 게 없을지도 모르겠지만, 그러면 또 누군가 당신의 등을 지키려고 밤새 잠을 설치게 될지 알 수 없지만. 당신아, 정말로 나는 아무 것도 걱정하지 않습니다. 그 추운 등에 닿아 빨갛게 이 손끝만 타고 있어요.

그러니 당신은 이렇게 검은 밤에 등을 동글게 말고 잠을 잡니다. 나는 그 옆에 누워 그 등을 다시 동글게 감싸고 잠이 듭니다. 바람이 많이 불었지만 작고 추운 등을 나 혼자 다 지키려고 당신을 안은 가슴에는 점점 더 불이 올랐습니다.

그 남자는 지금
무엇을 하고 있을까?

그는 꽤나 차가운 사람. 좀처럼 감정 표현을 하지 않는 종류의 남자였다. 대화를 잘하는 사람도 아니었다. 생각해보니, 우리는 같이 목욕탕을 간 적도 없는 것 같다. 내 아버지의 이야기다.

그를 이해하는 일보다는 이해하지 못하는 일이 더 많았다. 그렇다고 아버지를 미워할 만한 사건이 있었던 건 아니다. 다만 내가 택한 건 무관심이 아니었나. 특별히 나쁜 아들도, 정답거나 살가운 아들도 아니었다. 내게 어머니라는 존재는 이를테면 그녀를 떼어 놓고는 나를 설명할 방법이 없는 그런 사람이지만 반대로 아버지는 내 안에 그렇게 커다란 사람이 아니었다. 나는 그와 통화를 하고 가끔 그의 어깨를 주무르고 그의 얼굴에 깊이 박힌 주름을 보며 막막해하지만, 그렇다고 그를 몸살 하듯 그리워하는 것도 아니었다. 한참 어릴 때는 그와 싸웠고 스무 살이 지나면서는 그를 가슴 한편에서 비켜 놓았다.

서른이 지나서야 불현듯 가끔씩 아버지의 삶이 꼭 얼굴 어딘가에 박힌 아주 작은 점처럼, 그래서 어느 날 거울을 보다가 문득 아는 것처럼 문득문득 발견되었다. 나이 든 자전거 뒤에 나를 태우고 다슬기를 잡으러 동네 개울로 나가는 아주 오래된 아버지가 떠올랐다. 조그마한 밥상에서 밥을 물에 말아 김치를 얹어 먹는 꼭 그 밥상처럼 조그마한 체구의 아버지가 생각났다. 오래된 기억들이 조금씩 눈에 띄었다.

그리고 아마도 내가 그에게 절대로 묻지 않을, 전에도 그랬고 앞으로 그럴 것들이 하나둘 궁금해지기도 했다. 찢어지게 가난한 집 아들로 태어난 것은, 어머니를 일찍 잃는 것은 어떤 것이었을까. 큰 형과 두 동생을 저 세상으로 먼저 보내는 것은 또 어떤 것이었을까. 아버지의 세상은 무엇이었을까. 내가 보는 세상과 비슷한 것이었을까, 아니면 전혀 다른 것이었나.

다만 나와 무척이나 다르게 삶을 사는 아버지가 나처럼 때로 초라하게 누군가를 그리워하는 종류의 사람이라는 건, 80년이 가까운 세월을 살고도 여전히 수많은 페이지가 비어 있는 책 같은— 그러면서도 어느새 표지가 낡아버린 그런 사람이라는 건 아주 오래된 기억 하나를 생각해내며 분명해졌다. 이상하게도 그동안 몇 번 떠오른 적이 없는 기억이 불현듯 눈앞에 사진을 보는 것처럼 선명해졌다(어쩌면 나는 이 얘기를 어딘가에서 한 번쯤 했을지도 모르겠다).

나는 뭐 때문이었는지 몰라도 안방에서 거울을 보고 있었다. 몸을 움직이기 불편할 만큼 술에 취한 아버지는 방바닥에 멍하니 앉아 있었다. 어머니와 이제 막 이불을 펴드리려던 참이었다. 그때 아버지가 아버지의 어머니를 나지막이 불렀다. 어머니, 라고. 나는 한 번도 아버지가 어머니라는 단어를 말하는 것을 본 적이 없으니 그건 아주 이상하고 낯설게 느껴졌다.

아버지는 다시 아버지의 어머니를 불렀다. 그러며 꼭 길거리에서 엄마를 잃어버린 아이처럼 서럽게 울기 시작했다. 내게는 아무런 기억이 없는 할머니를 그렇게 그리워하면서 어린 아들 앞에서 부끄러움도 없이 그 사내가 울고 있었다. 그때 아버지가 입고 있던 옷과 엎드렸던 방바닥과 이불과 커튼까지 나는 모두 다 기억한다.

이제 잘 모르겠다. 수천 킬로미터가 떨어진 이곳에서 어느 일요일 밤 불을 끄고 누웠을 때 아버지의 삐쩍 마른, 그래서 유독 뼈가 울툭불툭 튀어나와 보이는 그 하얗고 주름진 어깨가 생각나서 잠이 오지 않는 건 무슨 의미인지. 같은 세상을 다르게 살고 있는, 혹은 다른 세상을 비슷하게 살고 있는 나와 이 남자의 거리는 대체 얼마 즈음인지.

아버지는 지금 무엇을 하고 있을까?

최고 제빵사의
맛없는 바게트

정직하고 착한 제빵사가 정성 들여 만든 소박한 빵이 그 사람을 닮아 더 맛있다고 한다면 그건 거짓말이다. 물론 어떤 사람은 정말 그렇게 느낄 수도 있지만 내 경험에 비추면 꼭 그런 것은 아니다. 그런 제빵사는 아주 따뜻하고 매력적이지만 그의 빵이 그를 닮는 것은 전혀 별개의 문제일 수 있기 때문에.

스톡홀름에서 만난 제빵사는 꼭 설탕처럼 하얀 사람이었다. 막 구워낸 빵처럼 오붓한 갈색도 닮았다. 날마다 팔고 남은 빵은 가족이 없는 노인들에게 기부하고 배고픈 여행자들이 빵 값을 다 치르지 못해도 뭐라 하는 일이 없었다. 그의 빵은 좋은 재료로 정직하게 만든 것이 틀림없었다.

그런데 말이다. 투박한 손 꼭 한 번 잡아주고 싶은 그 제빵사의 빵들이 맛이 없어도 너무 없는 게 아닌가. 아, 이건 어디까지나 내 입맛에 그렇다는 거다.

어제 당신이 내게 물었다. 순수하고 예쁜 사람이 하나 있는데 그에게 왜 마음이 가지 않는지 모르겠다고. 나는 꼭 이 스톡홀름 제빵사 이야기를 들려줘야겠다고 생각했다. 제빵사를 이해하는 우리의 머리와 그의 빵을 먹는 우리 입은 많이 다르다고. 당신은 어쩌면 그를 정말 좋아하지만 가슴의 입맛은 아마도 당신과 또 많이 다를 거라고.

최고의 제빵사가 최고 맛있는 빵을 만들지 못하는 것도, 넘치도록 충분한 그 사람에게 당신의 가슴이 가지 않는 것도, 또 이렇게 섹시한 내가 최고의 사랑이 못 되는 것도. 그건 결코 우리 탓이 아니다. 그의 잘못도 아니다.

아주 쉽게 말하자면, 사람의 가슴에도 입맛이 있기 때문이다.

그 길을 만행이라 부른다

그녀는 어울리지 않게 초콜릿을 고르고 있는 중이다. 머리를 파랗게 깎고, 단정한 회색 승복을 입은 여자. 대부분의 비구니 스님들이 그런 것처럼 그녀의 나이를 짐작하기란 쉽지 않은 일이었다. 다만 승복의 모양새와 내가 대학생 때나 유행했던 아주 오래된 체크무늬 가방을 메고 있는 걸 보니 틀림없는 한국 사람. 스톡홀름의 허름한 골목에서 이렇게 행색이 분명한 한국 사람을 만나기란, 게다가 비구니 스님을 만나기란 정말 쉬운 일이 아닌데. 반가운 마음에 주뼛주뼛 먼저 말을 건다.

_여행 중이신가 봐요?

두 손에 들고 있던 초콜릿을 내려놓으며 그녀는 답했다.

_한국 사람이군요. 반가워요.

그리고 여행 중이냐는 내 질문에 여행 대신 만행을 하는 중이라고 말했다. 아, 만행.

그런데 스님들이 절을 떠나 세상을 떠돌며 수행하는 만행과 여행이 뭐가 또 그리 다른가. 내심 다시 묻고 싶었지만 낯선 사람에게 말꼬리를 잡고 따져 묻는 것도 예의가 아닌 것 같아 관두고 말했다.

_멋진 말이네요.

활짝 웃는 그녀. 커다란 입안에 하얗고 가지런한 치아가 다 보인다.

_자기를 놓지 않으면 만행 아닌 것도 없지요.

선문답 같은 말을 남기고 다시 뭐라고 말 붙일 새도 없이 총총 그녀
는 초콜릿 가게를 빠져나갔다. 그날 밤 유스호스텔로 돌아왔는데 이
상하게 만행이라는 말이 머리를 떠나지 않았다. 어디를 가든 그곳에
자기가 있으면 만행이 된다…….

여행자는 집을 떠나고 나서야 선명해지는 사람. 이정표를 따라 이리
저리 헤매다가 길을 잘못 들어 어딘지도 모르는 곳에 도착했을 때,
그래서 새 길을 찾으려면 한참 지도를 봐야 할 때 알게 된다. 나라는
사람은 생각보다 길을 잘 못 찾는 사람이구나. 여럿이 나눠 쓰는 유
스호스텔에 짐을 풀고 씻지도 못한 채 누웠을 때, 여기저기서 풍겨오
는 고린내를 맡으며 온 신경이 곤두서서 잠을 이루지 못하는 밤에 또
알게 된다. 먼 길을 돌아온 사람들의 하룻밤 냄새도 넉넉하게 용서하
지 못할 만큼 나는 옹졸한 사람이구나.

집을 떠나 세상을 여행하고 골목을 터덕터덕 걸으며 다시 어딘가로 돌아오는 길. 한 김 빠진 자신을 거울처럼 하루 종일 들여다보고는 조금 부족하고 조금 넘치고 또 조금 서러운 것들을 다시 새겨보는 사람. 그들은 수행자이다. 만행을 하고 있는 것이었다.

숙제를 풀지 마시라

버려지는 것은 비극이었다. 다른 말을 찾아도 소용이 없다. 너의 마음을 내가 더 이상 쓸 수 없으니 그 마음을 이제 그만 접어달라는 것이 내가 당신을 버리겠다는 말과 무엇이 다른가.

그러나 못지않게, 누군가를 향해 흐드러지게 피었던 내 마음이 가만히 지는 것을 지켜보는 것 역시 고달픈 일이다. 이별을 겪어본 사람만이 이별을 알 수 있는 것처럼 누군가를 떠나본 사람만이 마음의 배신을 이해할 수 있다.

버려진다는 것에도 장점은 있었다. 그를 함부로 탓할 수 있다는 것. 반대로 누군가를 버리는 사람은 아무도 온전히 탓할 수 없다. 나는 너를 사랑했지만 내 마음이 하는 일은 나와 달랐다고 무책임한 변명을 할 수 있다면 다행일지 모르겠다.

마치 학교에서 수학 공식을 배우는 것처럼 우리는 이별을 학습한다. 이별의 반은 버려지는 것이고 나머지 반은 누군가를 버리는 일. 그러니 가엾은 어떤 사랑을 버려본 다음에야 지난 이별의 나머지 반을 해결할 수 있게 되는 것이라면 우리는 너무 잔인한 공식을 배우고 있는가.

당신이 평생 나를 이해할 수 없다면 그건 오히려 운이 좋은 것이라고 해야 할까. 아, 적어도 나는 당신이 부디 나를 이해하지 못한 채로 두고두고 미워하는 것을 기도하고 싶다. 부디 슬픈 숙제를 오래오래 간직하시라고.

나를 버린 사람을 이해할 수 있게 된다는 것은 생각만으로도 고약하고 가여운 일이기 때문이다.

REYKJAVIK 30 DAYS

너라는 이름의 백야

당신이 우는 동안에

당신이 우는 동안 참 많은 일이 있었어요. 울만큼 울고 나면 그때는 내 이야기를 들으러 와요. 나는 하루 종일 무슨 일이 일어나는지 쓰고 있을게요. 당신은 하나도 서두르지 않아도 괜찮아요.

혹시 아이슬란드에서는 여름에 해가 지지 않는 건 알고 있어요? 그래서 여름이 되면 이때를 1년 내내 기다리던 세상의 청춘들이 여기에 몰려들어요. 그리고 드디어 밤마다 거리에 나와 사람들이 떠나고 남은 집 벽 위에 빨갛게 파랗게 낙서를 하기 시작하죠.

어제는 아주 보기 좋은 노부부도 만났어요. 1년 내내 베를린에서 작은 슈퍼마켓 셔터를 올리고 내리던 그들은 오늘 저녁 레이캬비크에 정박한 배를 타고 고래를 찾으러 갈 거예요. 요즘 들어 큰 고래를 만나기란 쉬운 일이 아니지만 그래도 작은 밍크고래 몇 마리는 볼 수 있을 거예요.

아이슬란드를 한 번도 떠나본 적 없는 헥터라는 친구와는 맥주를 마시며 우연히 만났어요. 지구 가운데로 가려는 듯 무모하게 쏟아지는 굴포스 폭포를 소재로 한창 소설을 쓰고 있대요. 나는 여행 이야기를 쓰고 있다고 했더니 굉장히 흥미로워하며 나중에 꼭 한 권을 보내 달래요.

제가 머무는 작은 집 맞은 편 일공일 호텔 주차장의 고양이는 새끼를 네 마리 낳았어요. 사실 저는 꼭 세 마리인 줄만 알고 있었는데 같이 방을 쓰는 친구 말이 숨겨진 한 마리가 더 있었대요.

내가 왜 이런 자질구레한 이야기를 쓰고 있는지 누군가 물었어요. 그 래서 난 이렇게 대답했죠. 내가 아는 어떤 사람이 상처가 많아 여름 내 울고 있다고. 나는 할 수 있는 일이 없으니 그가 울음을 그치고 조 그맣고 어두운 그의 방에 불을 켜고 커튼을 걷고 창문을 열 수 있을 때, 그때 그에게 보여주려고 그런다고.

그래서 나는 당신이 꽁꽁 숨어 우는 동안 이곳에 무슨 일이 일어나 는지 열심히 쓰고 있어요. 이러면 혹시 언젠가 당신이 이제 울보 같 은 시절을 떠나야겠다고 결심했을 때 이 겨울나라의 여름 이야기가 작은 지도가 될지도 모르잖아요. 실은 내가 예전에 그랬어요. 누군가 들려주는 다른 세상 이야기를 들으며 슬픔을 멈추곤 했어요. 그러다 와락 짐을 싸서 그 세상을 보러 이렇게 나와버린 거죠.

그러니 당신, 다 울만큼 울고 나서 내 이야기를 들으러 와요.

행복의 비밀

슬픔을 달고 다니는 사람들은 대부분 마음에 방이 너무 많은 사람들이다. 그래서 심각하고 복잡한 사람. 칸칸이 가슴이 나눠져 있으니 통째로 자신을 내어주지도 못하면서 한번 슬픔이 가슴에 차면 그 많은 방을 다 비워낼 수도 없다. 나는 언제나 딱 하나의 방, 단출한 가슴을 가진 사람이 부러웠다. 그래서 단순하고 담백한 사람. 푹 빠져 영화를 보다가 주인공의 비극에 자신을 다 내어주고 펑펑 울다가도 영화관을 나와서는 배부르고 맛있게 삼겹살을 먹을 수 있는 사람. 그러면 마치 영화가 끝나면 툭툭 털어지는 것처럼, 너 한번 울어봐라, 하고 숨겨진 삶의 고약한 최루성 장치들도 그렇게 털어질 수 있지 않을까. 아, 그러면 사는 일이 얼마나 가벼워 좋을까.

아이슬란드의 수도 레이캬비크에 있는 그라피티 공원. 밤이 되어도 해가 지지 않는 백야의 여름이 되면 이 공원에 꼭 그렇게 단순한 사람들이 차고 넘친다. 기가 막혀 멍하게 보다가 허허— 하고 웃고는, 저렇게 제 안에 있는 사람이 단 하나이면 얼마나 좋을까, 하고 부러워지는 사람들.

매일 저녁 7시와 8시 사이 그라피티 공원 근처 노천카페에 앉아 있곤 했다. 밤이 깊어도 거리와 가게들 위로 햇살이 내려앉는 것을 구경할 수 있어 좋았다. 아마도 주인일 것 같은 30대 중반 정도의 여자는 카운터에 앉아 눈이 마주칠 때마다 웃는다. 그때 누군가 다가왔다.

_너 그 커피 두 잔째 마시는 거야?
_응.
_그럼 내가 좀 마셔도 돼?
_뭐?
_내가 커피가 너무 마시고 싶은데 네 걸 마셔도 괜찮겠냐고!

아, 이런 식이다. 엊그제는 그라피티 공원 옆에서 초밥을 먹고 있는데 그전에 몇 번 눈인사를 했던 청년이 다가왔다. 내가 배가 고픈데 그 초밥 한 개만 먹어도 될까? 나는 눈을 딱 감고 한 개를 양보했다(아이슬란드 초밥은 정말 상상을 초월할 정도로 비싸다). 오물조물 물감이 잔뜩 묻은 손으로 집어 먹더니 가지도 않고 나를 보고 있다. 나 한 개만 더 먹어도 돼? 으아 정말, 맙소사!

그렇게 초밥을 뺏기고 커피를 뺏긴 대가로 그들 이야기를 묻는다. 별다른 이유도 없다. 여름이니까 밤새 벽에 그림을 그리러 영국에서 왔단다. 또 밤새 음악을 들으러 폴란드에서 왔단다. 돈은 어떻게 하냐고 물으니 돌아오는 대답도 단순 명쾌.

_괜찮아. 잠은 창고에서 자고 관광객들 술도 뺏어 먹지.

그러면서 유유하게 또 다른 누군가의 초밥, 커피를 향해 간다. 낮 동안 그림을 그리고 밤새 음악을 듣고 그렇게 한 여름을 백야의 나라에서 보내고는 또 어딘가로 훌쩍 떠날, 사는 게 참 단순하고 만만한 괴짜들.

진짜다. 인생의 무게를 저 혼자 다 짊어지고 다니는 사람들은 언제나 심각하고 복잡한 사람들이다. 제 속에 가진 자기가 아주 간단하면 다녀가는 비극과 희극을 다 데리고도 쿨쿨 잠을 자고 실컷 밥을 먹는 법이다. 단순한 괴짜들이 모인 여름의 레이캬비크. 나는 어쩌면 이렇게 인생이 만만한 사람들을 찾아 여기에 왔는지도 모른다.

가슴에 단 하나의 방만을 가지러.

내가 치유할 수 있게 해줘요

나를 위해 단 한 번 그 가슴 열어요.

내가 들어가서 마음을 가만가만 만지다가
그러다가 당신 오래되고 말 듣지 않는 것들을 고쳐볼게요.
단 한 번만 말할 거예요.
그러지 않겠다고 이제 당신이 말하면
나는 다시는 돌아와서 부탁하지 않을 거예요.
이게 마지막이에요.
그러니 내가 한 번 고쳐볼게요.

밤마다 당신을 때리는 몽둥이 같은 슬픔을
검은 골목 같은 허무를 눈물을 상처를
가슴에 구석구석마다 꽂혀있는 그 바늘을
내가 뽑아볼게요.

해보고 안 되면 그 마음을 다시는 꿰매지 않아 줄게요.
그대로 둘게요.
바람이 다 들어서 그래서 그대 죽어버릴 수 있게.
그러니 걱정하지 말아요.

당신은 이제 낫거나 죽을 것
다시는 정말로 다시는 아플 일이 없게 해줄게요.

마지막으로 단 한 번
내가 당신의 아픔을 치료하게 해줘요.

여행을 멈추고 싶은
어느 여행자

케빈은 여러 가지 면에서 레몬을 닮았다. 아, 레몬은 우리가 먹는 그 레몬이 아니라 내가 아주 좋아하는 어떤 친구의 이름. 잠깐 녀석에 대해 이야기하자면, 그 친구는 캐나다에서 태어났고 멕시코와 에콰도르에서 중·고등학교를 다녔다. 일본과 한국에서 꽤 오래 살았고 내가 아는 어떤 사람보다 더 많은 나라를 쉬지 않고 여행했다. 그래서 내게는 최고의 여행자.

어느 날 해변을 보면서 레몬의 여행 이야기를 듣다가 난 몹시 부러워져 말했다. 너처럼 살 수 있다면 참 좋을 텐데. 그때 녀석의 대답이 참 심오했다. 대신 나는 집이라고 할 만한 곳이 없어. 세상에 내 고향이 없어. 아주 복에 겨워하는 말이라고 생각했지만 돌아보니 꽤나 쓸쓸한 말이었다.

레이캬비크에서 묵었던 숙소는 인터넷이 안 되는 탓에 난 별 다른 일이 없을 때면 자주 시내 중심가에 위치한 유스호스텔의 카페에서 시간을 보내곤 했다. 케빈은 그 카페에서 일하는 직원이었다. 그는 영국에서 태어났고 레몬처럼 세상의 아주 많은 곳을 여행했다. 여행을 정말 좋아하기도 했거니와 운이 좋아 기회도 많았다. 그랬던 케빈이 이곳에 정착한 지는 벌써 2년이 넘었다고 한다.

처음 이곳에서 살기로 결정했을 때 친구나 가족 누구도 이 바람 같은 남자가 조그마한 레이캬비크에서 오래 정착할 수 있으리라고 짐작하는 사람은 없었다. 그래서 도대체 이유가 뭐였는데, 하고 내가 물었다.

_몰라서 물어? 사랑 때문이지!

영국에 잠시 들어가 있는 동안 한 여자를 만났다고 했다. 레이캬비크에서 영국으로 잠시 여행을 와 있는 사람이었다. 그리고 그녀가 한 여행자의 모든 걸 바꿔버린 거다. 케빈은 그녀를 따라 아이슬란드로 왔고 긴 여행을 멈춘 채 삶을 꾸렸다. 지난 2년 동안 단 한 번도 떠나는 일이 그리운 적 없었고 아마 앞으로도 그럴 거 같다고.

정말 그런 건가. 누군가에게 때로 여행은 멈추기 위한 걸까? 사랑이라고 불러도 좋겠고 꿈이라고 말해도 좋겠다. 어쩌면 자기 자신이라고 해도 큰 상관은 없겠다. 다만 언젠가 간절히 혹은 자신도 모르게 기다리고 있던 그곳에 닿기 위해, 그래서 멈출 수 있게 되기 위해 바람처럼 어딘가로 떠나고 있는 것인지도 모르겠다.

나의 꿈은 당신을 만나는 것
그래서 이 여행을 멈추는 것

멀리 떠나는 사람들이 모두
여행을 사랑하기 때문이라고 쉽게 단정하지 마라.
때로 멈출 수 없어서 떠난다.
피곤한 몸과 조금 더 피곤한 가슴을 데리고
마침내 당신에게 닿아 멈추고 싶어서
그렇게 되기 위해 떠난다.

짐을 내려놓는 연습

짐을 적게 꾸려야지, 그래서 되도록 가벼운 배낭을 짊어지고 다녀야지. 항상 생각하면서도 막상 짐을 챙기려면 이것저것 싸야 하는 게 왜 그렇게 많은지 모르겠습니다.

우선 비상약은 꼭 챙겨야죠. 특히 하루 이틀이 아닌 여행이라면 한국 몸살 감기약만큼 효과가 빠른 것도 없습니다. 그리고 여름 여행에 수영복을 빼놓을 수는 없겠죠? 아, 물안경도 넣도록 하겠습니다. 반바지와 티셔츠는 세 벌씩 준비했어요. 반바지 말고도 추울 수 있으니까 긴 바지, 카디건, 바람막이 얇은 점퍼 하나씩은 필요할 겁니다. 선글라스와 모자도 필수겠죠? 특히나 전 모자 쓰는 걸 아주 좋아하거든요. 속옷, 양말, 수건은 좀 넉넉하게 챙겼어요. 일주일 정도는 빨래를 못해도 살아남을 수 있을 만큼 말이죠. 읽을 책 두 권과 이런저런 이야기를 적어 넣을 노트, 우산도 잊지 않았습니다. 와, 막상 필요하다고 생각되는 것들을 다 챙기고 보니 이것 참 보통 짐이 아닙니다. 꼭 살러 가는 것 같네요. 하지만 사실 이건 아주 예전에 챙기던 짐들 이야기예요.

다행히 여행을 하면 할수록 이것보다는 단출하게 짐을 싸는 기술 아닌 기술 같은 게 생겼거든요. 지금은 나름대로 필수 목록 같은 것도 가지고 있습니다. 그렇다고 짐이 확 줄어든 건 아니에요. 그래도 좀 더 필요한 것들과 덜 필요한 것들을 구분할 수 있는 노하우는 가지게 됐으니 상황이 조금 나아진 셈이죠?

아이슬란드로 오기 전에 베를린에서 잠시 머무르던 때에 만난 두 명의 친구가 있습니다. 같은 숙소에 같은 방을 썼죠. 한 명은 미국에서 온 녀석으로 두 달 동안 유럽을 여행하는 중이었습니다. 다른 친구는 홍콩에서 왔는데 독일만 일주일 동안 둘러보러 왔었죠. 그런데 두 친구 짐 차이가 장난이 아니었습니다.

미국에서 온 친구는 정말 저럴 수 있나 싶을 정도로 달랑 작은 가방 하나가 짐의 전부였습니다. 거짓말을 조금도 보태지 않고 배낭도 아닌, 우리가 학교 갈 때 쓰던 그런 보통 크기의 가방 말이죠. 반대로 홍콩 친구는 꼭 자기 몸집만 한 캐리어를 가지고 왔더군요. 그 짐을 들고 계단을 오르내릴 때면 누군가의 도움이 필요할 만큼 아주 무겁고 커다란 가방이었습니다. 나중에 알고 보니 미국에서 온 친구는 아시아에서 아프리카로 세계 이곳저곳을 참 열심히 돌아다닌 여행꾼이더라고요.

저는 지금도 아주 가볍고 단출한 짐만 들고 사뿐사뿐 여행길을 걷는 사람들을 보면 몹시 부럽습니다. 그 짐이라는 게 사실은 줄이고 싶다고 줄여지는 게 아니거든요. 정확한 판단력과 과감한 결단력, 경험과 기술, 그리고 무엇보다 불필요한 걸 놓을 수 있는 작은 용기 같은 게 필요한 겁니다.

이제 제 짐 이야기를 이렇게 정리하면 어떨까요?

아마도 그렇게까지 필요하지 않은 것들을 싸매고 그 무게에 쩔쩔맸던 것은 제 기술이 부족했기 때문이라고 하면 좋겠습니다. 잘 몰랐기 때문이라고 해두겠습니다. 경험이 부족하기 때문이라고 해도 되겠어요.

그리고 지금 제게 조금 버거운 가슴의 수많은 짐들도 제가 아직 어려서 그런 것으로 해두겠습니다. 기술이 부족해서 무거운 것으로요. 여행의 짐과 마음의 짐이 사실 다르면 또 얼마나 다르겠어요? 앞으로 조금씩 가벼워질 겁니다. 틀림없어요.

사는 일에도 짐을 내려놓는 기술과 연습이 필요하니까요.

고래는 꿈이었다

깊은 바다에 숨어서 좀처럼 자신을 드러내는 일이 없는 지구에서 가장 큰 생물, 고래. 거대한 덩치에 어떤 동물원과 수족관도 그를 가둘 수 없으니, 아직 세상의 많은 것을 만나보지 못한 꼬마 아이들에게는 겨우 책과 TV 다큐멘터리에서나 볼 수 있는 것이었다. 이는 어른들에게도 마찬가지. 그래서 사람들은 검고 황량한 바다를 혼자 단단하게 나아가는 푸른 고래를 보며 두려운 삶을 헤쳐 나가는 용기나 원대한 꿈을 상상하곤 했다.

나는 지금도 스물다섯 살이 되었을 때 밴쿠버에서 봤던 범고래 떼 꿈을 꿀 때가 있다. 섬과 육지를 오가는 작은 배를 따라 십여 마리의 범고래가 춤을 추듯 유영을 하고 있었다. 그 고래 떼는 내가 타고 있던 배와 경주를 하는 것도 같았고, 어찌 보면 뱃길을 지켜주는 것 같기도 했다.

그러니, 사람들이 꿈의 대칭점에 고래를 두면서도 실은 그 고래를 얼마나 많이 잡아먹고 사는지 처음 알았을 때 까무러치게 놀랐던 것은 이상한 일이 아니다. 한국과 일본은 고래를 너무 많이 잡아먹어서 국제사회에서 손가락질을 받는 나라. 그리고 아이슬란드도 사정이 썩 좋지는 않다.

고래 고기를 아주 좋아하는 어떤 사람의 표현을 빌자면 고래는 부위마다 맛이 천차만별인데, 그 안에 육해공 고기 맛이 다 들어있다고

했다. 소고기와 비교도 안 될 만큼 식감이 훌륭하다는 말도 덧붙였다. 아이슬란드는 바로 이 고래 고기로 전 세계에서 가장 유명한 나라 중 하나. 레이캬비크는 말할 필요도 없고 어디든 아이슬란드의 주요 마을에 가면 쉽게 고래 고기를 접할 수 있다. 고래 스테이크부터 꼬리 수프까지.

나는 아이슬란드에서의 많은 시간을 고래 고기를 먹지 말자고 사람들을 설득하는 데 보냈다. 세상에서 가장 큰 덩치를 가진, 그러면서도 약해 빠진 이 녀석들을 좀 내버려두자고 행진도 하고 거리에서 춤도 추고 사람들의 서명도 받는 일이었다. 그렇지만 내게 투철한 환경 의식이나 사명감 같은 게 있었던 건 아니다. 사실 속으로는 짐짓 고래 고기 맛이 궁금하기도 했다. 다만 어쩌다 보니 나는 고래 보호 캠페인의 한가운데에 서 있었다. 조금만 고삐를 풀어주면 여행은 언제나 생각하지도 못했던 곳으로 우리를 데려다 놓는 법이니까.

'Meet us, Don't eat us(우리를 먹지 말고 만나세요)'라는 이름의 고래 보호 캠페인을 위해 나뿐만 아니라 전 세계에서 열세 명의 사람들이 모여들었다. 워크캠프라는 이름으로 세계 각지에서 열리는 수많은 자원봉사 프로젝트 중 하나. 한국인 민영 씨, 러시아에서 온 타샤와 벨기에에서 언론학을 공부하고 있는 프랑소와까지 우리는 2주 동안 캠페인은 물론 밥도 같이 먹고 잠도 함께 잤다.

아침에 일어나면 잔혹한 화장실 쟁탈전을 치르고(열세 명이 화장실 하나를 같이 썼다), 무게가 상당히 나가는 고래 탈을 뒤집어쓰고는 레이캬비크 주요 거리로 흩어져 나간다. 그곳에서 지나가는 사람들에게 아이슬란드에서 얼마나 많은 고래들이 잡히는지 설명도 하고 관광객들에게는 고래 고기를 먹지 않겠다는 서명도 받는 것. 관심을 끌기 위해서라면 무슨 짓을 못 할까. 노래를 부르고 기묘한 동작의 고래 춤도 춘다(실은 우리도 무슨 춤을 추고 있는지 알 길이 없었다).

어떤 때는 고래 고기가 아이슬란드만의 아주 특별한 문화라고 주장하는 사람들과 논쟁을 벌이는 것도 피할 수 없었다. 그들의 주장은 틀린 건 아니다. 사실 대륙으로부터 한참 떨어진 아이슬란드에서 고래는 오래 전부터 주요 식량 중 하나였고, 지금도 포경은 아이슬란드인에게 아주 특별한 전통이다. 하지만 문제는 포경의 상당수가 아이슬란드인들보다 관광객들의 수요 때문이라는 데 있었다. 더군다나 고래를 사냥하는 방법에도 심각한 문제가 있다. 고래의 숨이 끊어질 때까지 꽤 오랜 시간 끔찍하고 잔인하게 끌고 다니기 때문이다. 작년에 아이슬란드에서 사냥되어 죽은 고래가 약 60여 마리(사실, 이런 문제라면 일본이나 한국이 훨씬 더 심각하다). 게다가, 고래는 개체수가 급격하게 줄고 있어서 국제사회에서도 포경 산업을 규제하고 있다.

세상에서 가장 크고 푸른 피조물이 그렇게 많이 그렇게 쉽게 죽어 나간다. 그들은 겁이 아주 많다고 한다. 그래서 고래잡이가 증가하면, 고래들은 배를 무서워하기 시작한다. 사람을 무서워하기 시작한다. 그리고 배 주위에는 절대 오지 않는다.

나는 이렇게 이 이야기를 시작했다. 고래는 우리들 꿈이었다고. 비단 그들의 압도적인 크기와 신비로움, 검은 바다를 유유히 헤쳐 나가는 모습 때문만이 아니다. 고래는 사람들의 약해 빠진 꿈을 닮았다. 눈부시게 반짝반짝 빛나고 푸르고 단단해 보이지만, 모르는 사이 부서지고 흩어지기 쉬운 그 많던 사람들의 꿈을.

고래를 보호하는 게 무슨 엄청난 일이냐고 하겠지만 어떤 사람들은 이 일에 목숨을 건다. 얼음 바다 위에 작은 보트 하나를 띄우고 엄청난 크기의 포경선과 싸운다. 고래는 또 한 번 누군가에게 반드시 지켜야 하는 꿈이었다.

고래를 잡아먹는 사람과 고래를 지키러 목숨을 거는 사람.
어쨌든 다행스런 일이 아닌가? 고래에게 그를 지키고 싶은 사람들이 있다는 것은. 그리고 사람들에게 반드시 지켜야 하는 어떤 고래가 있다는 것은.

물 같은 운명을 가진 사람

해가 지지 않은 새벽 1시의 바다에는 바람이 불고 있다. 그 바람을 다 맞으며 술에 취한 사람들이 삼삼오오 모여 서로 흥을 나눈다. 누군가는 어제 새로 만나서 하룻밤을 보낸 여자에 대해 이야기를 할 터였다. 남자들은 그런 사연을 할 수만 있다면 자랑처럼 걸고 다니고 싶어 하는 법이니까. 아마도 그녀 역시 단지 여름이라는 이유로 아이슬란드에 왔을지도 모른다. 모두에게 면죄부가 될 백야의 여름이었다. 저 중에는 외로워서 이곳에 흘러 들어온 사람도 있을 것이다. 멀리 고향에 있는 그의 친구는 어쩌면 눈치도 없이, 그래서 너는 그 외로움을 그칠 방법을 마침내 찾았느냐고 물었을지도 모르겠다. 또 다른 이는 말도 없이 가만히 남들의 이야기를 주워 담으며 별만 올려다본다. 그때 누군가 바다를 보다가 물었다.

_세상에 물이 저리 많은 걸 어쩜 이리 모르고 살았을까. 저 많은 물이 다 어디에서 왔나 몰라.

그때 바다처럼 말이 없던 사내가 답한다. 바다가 깊다고 저 물이 넓다고만 알고 있는 사람은 바다를 딱 절반만 이해하는 것이다. 그 물은 모두 어딘가로부터 떠나온 물들이다. 그래서 한참을 떠돌던 물이다. 그러니 사실은 그리움이 된 물이다.

별이 되고 꽃이 되고 때론 뿌리가 되거나 열매가 되고 싶었던 사람들은 한참이 지나서야 우리가 모두 물이었단 걸 알게 되곤 했다. 원래

는 빛도 손도 뿌리도 없는 물이 만나고 헤어지고 부서졌다가 바다에
이르는 것처럼 꼭 그렇게 아주 멀리 세상의 바다로 가는 것이 사람이
었다. 그게 당신이었다.

당신은 물을 꼭 닮은 사람.
그래서 평생을 흘러야 하는 운명을 가진 자다.

바다의 아이들

아이슬란드 서북부 해안도로를 히치하이킹으로 여행하던 어느 날, 산과 절벽과 바다가 만나는 곳에 뛰어 놀고 있던 두 명의 소년. 하나는 대장 하나는 졸병, 적도 없는 전쟁놀이를 하고 있다.

아이들과 가장 빨리 친해질 수 있는 방법은 다른 게 아니다. 녀석들의 사진을 찰칵 한 장 찍어서 보여주면 된다. 그러면 배시시 웃기도 하고, 뭐가 맘에 안 드는지 다른 포즈를 취하기도 한다.

카메라를 들고 기웃거리자 두 꼬맹이가 나를 눈치 채고 조르르 달려온다. 그렇지만 가까이 가서 녀석들 사진을 찍으려고만 하면 까르르 웃으며 도망가기 일쑤. 술래잡기 놀이를 하느라 녀석들 곁을 떠날 수가 없다. 그러는 중에 한 아이가 묻는다. 아저씨는 중국에서 왔어요? 미처 내가 대답할 새도 없이 녀석에게는 또 궁금한 게 생긴다. 그 가방에는 뭐가 있어요? 아저씨는 어디로 가는 중이에요?

그렇게 모아진 몇 장의 아이들 사진.

그 사진들을 모니터에 띄워 놓고 바라보고 있으면 작지만 모자람 없는 맑은 눈과 코와 입이 반짝반짝 빛난다. 경쾌하게 내게 날아든다. 그러면 신기하게도 바다에서 자란 아이들에게는 파도 냄새가 나고,

숲에서 만났던 아이들에게는 은은한 솔 향이 풍겨왔다. 아니다, 당연한 것이 아닌가. 사막에서 자란 아이들은 사막을 닮는 법이다. 도시에서 자란 아이들은 도시를 안을 수밖에. 산에서 큰 아이들은 그들의 영혼에 산을 심고 바다를 보고 자란 아이들은 가슴에 바람과 바다를 품는다.

그러니 아이슬란드에서 만난 바다의 아이들. 그 조그마한 가슴에서 저 큰 바다가 자라고 있는가. 바람이 불 때 커다란 바다가 파도를 내어주고 안으로는 더 깊게 고요한 것을 배우고 있는가. 요행을 바라지 않고 가만히 날마다 삶이 내어주는 물고기를 잡는 방법은 다 알아챘을까.

털털한 어부의 두 아들이 한여름 바다를 보며 배우고 있다.
날마다 그곳에 바다의 아이들이 자랐다.

젊어서 외로운 것

노인을 만났다. 풀 위에 앉아 양 떼를 한참 바라보고 있는, 꽤나 쓸쓸해 보이는 사람이었다. 옆에 가서 앉았다. 그가 나를 한 번 보고 담배를 꺼내 불을 붙인다. 나도 따라 담배를 꺼낸다. 라이터를 몇 번이나 켰지만 부싯돌이 다됐는지 불이 켜지지 않았다. 노인이 그를 닮아 아주 낡은 성냥을 건넨다. 열어보니 남아있는 성냥 두 개. 그중 하나를 꺼내 불을 붙였다. 그가 나를 보며 넌지시 웃는다.

_외로워 보이세요.

나는 아무 말 없이 앉아 있기 머쓱해서 먼저 말을 걸었다. 대답을 하기 위해서는 한참 동안 목소리를 끄집어내야 한다는 듯 꽤 뜸을 들이고 노인이 답했다.

_젊은 사람들이나 외롭지, 내가 뭐 그럴 거나 있나.

왜 그런 것이냐고 물으려다가 관두고, 그런가요, 하고 말았다. 노인이 먼저 바지를 탈탈 털며 일어난다. 노인의 엉덩이에 붙어 있던 풀이 내 배낭 위로 떨어졌다. 나이 든 어르신들은 다 그런 걸까. 먼 산을 바라보며 혼잣말로 툴툴 뱉고는 그는 느릿느릿 자리를 떠났다.

_젊은 것만큼 외로운 게 또 없지 뭐. 여행 조심히 하게.

마음에 불이 나곤 했다. 내 뜻대로 되지 않는 열병이었다. 내게 힘이 있어 이 마음을 잘라내고 어디 깊은 물 아래로 버릴 수 있다면 더 바랄 게 없겠다고 생각했다. 마음은 결코 내 것이 아니었다. 섣불리 누군가를 사랑하고 또 그 사랑을 다 태워버리던 스무 살 때도. 함부로 사랑하지도 못하고 남은 사랑을 다 태워버리지도 못하는 서른 살 때도. 그러니 정확히 말하자면 내게는 내 마음이라고 부를 수 있을 만한 것이 없었다. 남의 것이었다.

외로운 것은 사실 누가 곁에 없기 때문이 아니라 내 마음을 내가 가질 수 없기 때문 아니던가. 사람들은 누군가 곁에 있어도 외로울 것이었다. 갖지 못한 것 때문이 아니라 제 하나의 마음도 가질 수 없기 때문이었다.

노인은 말했다. 젊으니 외로운 것이라고. 나는 알고 싶은 것이 너무 많았다. 노인은 이제 그의 나이처럼 마음을 데리고 한참 살다 보니 마음을 다루는 기술 같은 걸 배워 버린 것일까. 마음이란 애초에 가질 수 없는 것이라고, 삶의 은밀한 비밀이라도 알아버렸나. 마음을 다 갖지 않고도 밥을 먹고 잠을 자고 생을 꾸리는 비결을 찾은 것인지도 몰랐다.

하지만 내가 물었어도 그는 결코 대답하지 않았을 게 뻔한 일. 아, 결국에는 좀 더 나이를 먹어보는 방법. 그것밖에 없는 것이었다.

당신 손목 위에
둥지를 짓고 싶다

그는 손목에 길고 날카로운 상처를 가진 사람이었다. 나는 이제 그만 하겠어요. 스무 살의 당신이 경멸하며 손을 그었다. 생에 대한 오만 이었을까. 자신을 향한 연민이었나. 설명할 방법이 없다.

다시 스무 해가 지났다. 그러는 동안 여러 번 삶 앞에 주저앉고, 사랑 앞에 무너지고. 떨치지 못한 마음을 어찌지 못해 나는 불행이라고, 나는 절벽이라고 파르르 떨던 밤.

그러나 그대야. 절대 잊지 말아야 해. 당신은 기어이 살아남은 자. 자 신을 움츠리고 움츠려 동사의 겨울을 끝내 건너온 자. 이 치열한 살 아남기를 통해 언젠가 우리가 위로할 수 있을 때까지.

그대 손목 위 날카로운 선 위에 작은 둥지 하나 지어주고 싶다.

가장 질긴 마음

아직도 당신을 사랑하느냐고 물으면
나는 아니라고 말할 수 있다.

아직도 당신 앞에서 주저앉고 싶으냐고 물어도
나는 이제 아니라고 말할 것이다.

하지만 당신이 빈방에 우두커니
나와의 추억 하나 데려다 놓고
그 앞에 울어도 나와는 정말로 아무 상관없느냐고 물으면

나는
이 세상에 그보다 목이 메는 것이 없다.

사랑만큼 질긴 게 또 있겠느냐 하겠지만
그보다 더 오래 살아남는 슬픔이 있었다.

그리움이었다.

절대적인 말

생각만 해도 숨 막히는 말이 있다.

우리 도망가서 살자는 말.

당신은 가진 게 아주 많은 사람이었다.
나도 그랬다.
그러니 둘이 서로에게 전부가 되지 않았던 건 당연한 일.
서로에게 단 하나의 길이 되지 못한 것도 마땅한 일.

그래서 단둘만 세상을 다 채울 곳에 가자는 말은

나 아니면 당신이 하나도 가질 것이 없을 곳으로 가자는 말.
철석같은 말, 절대적인 말.

아무도 없는 곳에 도망가서 살자는 말은 그러니

그대,
절대적인 사람이 되어달라는 말이다.

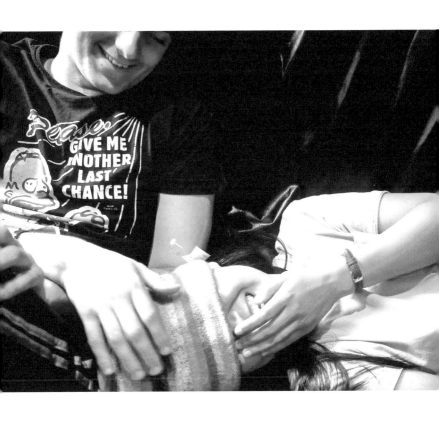

새벽 네 시의 백야

잘 지내고 있나요?

그 말썽꾸러기 같은 눈은 여전한가요? 웃을 때마다 보이는, 하지만 나이 들어 보인다며 당신은 별로 좋아하지 않던 반짝반짝거리는 오른쪽 금니도 잘 있어요? 아 참, 올해 여름은 유난히 더웠다던데 그 지독한 당신 땀띠는 어땠는지 모르겠어요. 그래도 너무 신경 쓰지 말아요. 금방 가을도 지나고 겨울도 올 걸 당신도 알고 있잖아요.

레이캬비크의 숨 막힐 듯한 새벽거리를 만났지요. 그래서, 그러지 말아야지 하면서도 당신 생각을 참 많이 했어요. 어쩌다 보니 이렇게 편지도 쓰게 되고 말았어요. 하지만 당신도 알죠. 일부러 엽서를 사서 당신 주소를 알아내고 한국으로 이 편지를 보내는 일은 아마 없을 거예요.

내가 예전에 했던 말 기억해요? 잉글리시 해변 말이에요. 다시는 혼자 오고 싶지 않다던. 너무 좋아서 그 풍경을 혼자 보는 게 이젠 무섭다고 했잖아요. 당신은 도무지 무슨 말인지 이해할 수 없다며 나를 꼭 외계인 보듯 했어요.

나는 최선을 다해 설명하려 했지만 이해시킬 방법이 없었어요. 하지만 당신도 언젠가 꼭 알게 될 거예요. 가끔 어딘가에 닿았을 때, 그리고 알 수 없는 이유로 가슴 끝이 울컥해지며 그곳이 문득 당신 마음에 가득 들어차버렸을 때. 그러면 혼자 그곳을 보는 게 무서울 때가 있어요. 음, 아쉽다거나 섭섭하다거나 그런 표현으로는 부족해요. 무섭다는 말이 꼭 맞아요. 혼자서는 한 번 보는 걸로 족하다고. 다시는 혼자서 오지 않겠다고.

나는 같이 고래 보호 캠페인을 하는 친구들과 한 여름 아이슬란드의 토요일 밤을 가장 뜨겁게 보낼 방법을 고민하고 있었어요. 그래서 우리는 밤 내내 클럽을 네 군데나 갔죠. 클럽마다 사람들로 가득 찼어요. 레이캬비크의 여름은 파티의 계절이니까 나이 같은 건 문제가 되지 않거든요. 술을 아주 많이 마셨고 춤도 쉬지 않고 얼마나 열심히 췄는지 몰라요. 그리고 새벽 네 시. 그 시간이면 레이캬비크 클럽이 전부 문을 닫거든요. 그러니 클럽마다 가득 채웠던 그 많은 사람들이 한꺼번에 새벽 거리로 쏟아져 나온 거죠.

그때 보고 말았어요. 7월 백야로 밝은 일요일 새벽의 아이슬란드 거리.

당신, 한번 눈을 감고 그려봐요. 수백 마리의 비둘기와 갈매기가 하늘을 날아다니고 지난겨울 내내 아이슬란드의 여름만 기다리던 수십 개국에서 모인 수백 명의 청춘들이 밤새 파티를 마치고 한꺼번에 쏟아져 나오는 곳. 어떤 사람은 술에 취해 쓰러지고 또 수십 명은 노래를 부르며 아직 춤을 추고 있고요. 그렇게 얽히고설켜 온 거리를 뒤덮어버리는 걸.

나는 가슴이 부풀어서 터질 것 같았어요. 이 뜨거운 거리가 숨쉴 수 없을 만큼 황홀했어요. 잔인했어요. 그리고 당신을 떠올리고 말았죠. 한 번 보는 걸로는 정말 안 돼요. 나는 꼭 언젠가 다시 이 거리를 봐야 한다고 생각했어요. 하지만 혼자서는 절대로 그렇게 하지 않을래요. 그건 아까 말한 것처럼 아주 무서운 일이거든요.

나는 말이죠, 꼭 당신이어야 한다고 생각했어요. 당신과 함께 이 거리를 언젠가 훔치고 싶다고.

초라하지 않다

한국에서 새로 출간된 몇 권의 여행에세이 서평을 읽다가 재미있는 구절을 발견했다. 아주 젊은 작가의 글이었다. 청춘에게 방황은 당연하고 아름다운 것이라고 그녀는 말했다. 그러니까 즐겁게 부딪치고 이겨내라고. 재미있다. 그리고 궁금했다. 나는 아직도 청춘이 뭔지잘 모르겠고 이 모든 고민을 어떻게 해결해야 하는지 깊고 캄캄한 숲을 헤맬 때가 많은데, 나보다 열 살이나 어린 이 아가씨는 벌써 어떻게 청춘의 비밀을 다 풀어버린 걸까.

나는 모르는 게 너무 많았다. 그러니 누군가의 방황이 얼마나 지독한것인지 이해한다고 말할 수도 없다. 나는 당장 먹을 것이 없고, 먹을 것을 살 돈도 없어서 몇 끼를 굶어본 적이 없다. 그러므로, 그런 일을겪고 있는 누군가를 이해하지 못한다. 재수를 해본 적이 없으므로 그어리고 마음 약한 나이의 조바심과 스트레스가 어떤 것인지도 알지못한다. 부모님을 잃는다는 게 어떤 것인지 짐작도 하지 못한다.

여행 이야기를 끄적거리며 매번 느끼는 양심의 가책 같은 것도 있는데, 당장 학비가 없어서 고생하는 후배들에게 씨알도 먹히지 않을 여행의 낭만과 꿈 같은 것을 나불거리는 일이다. 어쨌든 나는 그런 방황도 다 이해하지 못한다. 여행을 꽤 아는 척, 사랑도 제법 하는 척사기도 치고 있지만 말하자면 나는 이것들에 대해서도 이해하지 못하는 게 대부분이다.

그러니까 나는 당신이 어떤 방황의 가장 어두운 가운데 있는지 알지 못하고 쉽게 그 방황을 이해한다고 말할 수도 없다. 내게도 몇 년째 제법 지독하게 앓고 있는 문제들이 있다. 비록 내가 있는 힘을 다해 설명하더라도 당신도 나를 이해할 수 없다.

아이슬란드에서 2주가 조금 넘는 자원봉사를 마치고 히치하이킹으로 서북부를 여행하는 동안 스위스에서 아이슬란드로 여름을 보내러 온 여행자의 미니밴을 얻어 탄 적이 있었다. 우리는 술에 취했던 것도 아닌데 한 시간 남짓 가는 동안 심심해서였는지 별 시시콜콜한 이야기를 다 하게 됐다. 그녀의 얘기 중에 꽤 흥미로운 게 있었다.

무슨 일이었는지 그녀가 말해주지 않아서 잘 모르겠지만 어쨌든 중요한 건 꽤 심각하게 방황을 하고 있었다는 거다. 그때 무슨 일을 겪고 있는지 알 턱이 없었던 그녀의 남자친구가 말했다고 한다. 네 행동을 이해할 수 없다고. 그 말에 그녀는 아주 많이 화가 나고 실망을 했다. 시간이 꽤 지나 그녀가 무엇 때문에 그리 앓았는지 마침내 알 수 있던 남자친구가 이번에는 그녀에게 이렇게 말했다. 네 방황을 이제 다 이해할 수 있을 것 같아. 재미있는 건 그 말에도 역시 몹시 화가 나더라는 거다.

나는, 당신 참 변덕이 심한 사람이네요, 라고 웃어넘겼지만, 언젠가 방송에서 심리학자가 이런 말을 하는 것을 본 기억이 나기도 했다. 큰 슬픔을 겪는 사람들은 그 슬픔을 이해 받지 못하는 것에도 상처 받지만 그 슬픔을 다 이해한다는 말에도 상처 받는다고.

인권 관련 문서들을 읽다가 알게 된 몇 가지 이야기도 있다. 그리스에서 부모의 학대를 피해 도망쳐 나온 여성이 런던에 정착해서 몇 년째 살고 있었다. 그런데 얼마 전 그녀 부모로부터 연락을 받았다고 한다. 네가 도망쳐서 어디 살고 있는지 다 찾아냈으며, 곧 가서 죽여 버리겠다며 협박을 했단다. 잔뜩 겁에 질린 그녀는 경찰에 도움을 요청했지만 아무것도 해줄 수 없다는 이야기만 들었다. 런던에서 몇 년을 살았지만 이집트로 돌아가야 했던 게이 청년은 런던에 두고 온 자신의 사랑은 이미 다른 사람을 만났고 자신은 이 보수적인 사회에서 날마다 자살을 결심하며 살고 있다며, 끔찍한 이 삶을 어떻게 하면 좋겠냐고 인권 NGO에 하소연하고 있었다. 어떻게 당신과 내가 감히 이런 방황을 이해한다고 말할 수 있겠는가.

어떤 방황이란 그 자신이 아니고서는 함부로 이해할 수 없다. 그러니까 누군가의 방황을 정말로 위로하고 싶을 땐 주의를 기울여야 하는 법이다. 단순히, 내가 다 알고 있다, 다 이해한다, 혹은 이해하지 못하겠다는 것 모두 상처가 될 수 있으니까.

그러니 나는 당신에게 위안이 되고 싶어도 함부로 당신의 방황을 말할 수 없다. 내가 할 수 있는 일이라고는 다만 이렇게 말하는 것.

당신이 당신의 최선을 다해 그 방황을 겪어내고 있다는 것을 믿는다. 당신은 초라하지 않다.

몸의 말 배우기

기어이 다시 병이 나고 말았다. 꽤 오랫동안 말썽 없이 잘 버티던 몸에 어제부터 열이 나기 시작하더니, 목이 부어서 음식은 고사하고 침삼키는 것도 여간 곤혹스러운 일이 아니다. 게다가 여러 명이 작은 방을 나눠 쓰는 도미토리 룸이라서 기침 한 번 시원하게 하지 못할 만큼 눈치가 보였다. 집 떠나서는 몸이 재산인데. 계획했던 자원봉사는 고사하고 오히려 같이 지내는 사람들에게 피해를 주게 생겼으니 몸도 맘도 이만저만 불편한 게 아니다.

_이것 봐. 목이 한참 부어올랐네. 이럴 때는 목에 뜨거운 김을 쐬면 좋은데. 잠깐만 기다려봐.

독일에서 온 야니냐는 주방으로 가더니 커다란 바가지에 가득 뜨거운 물을 부어왔다. 그러더니 거기에다가 이상한 짓을 하기 시작했다. 요리할 때나 쓰는 양념과 허브(아이슬란드어로 쓰여 있어서 알 길이 없지만 이를 테면 후추 같은 것들)를 쏟아 넣는 것. 그 기묘한 물을 내게 건네주는 순간, 혹시 이걸 먹으라는 건 아니겠지, 하고 기겁을 했는데 일단 다행이다. 나더러 수건을 뒤집어쓰고 수면 가까이 얼굴을 들이민 채 입 안으로 그 김을 삼키라고 했다. 20분 동안 절대로 나오면 안 된다면서. 그녀가 엄마에게서 물려받은 민간요법이었다.

나는 아주 착한 아이가 되어 그녀가 하라는 대로 따라 했다. 당장 먹을 약도 다 떨어졌으니 달리 방법도 없었다. 그런데 이상한 건 정말

이게 효과가 있더라는 것. 물론 그 덕분만이 아니라 잠을 시체처럼 열심히 잤기 때문일 수도 있다. 어쨌든 보통의 경우 한 번 앓기 시작하면 일주일은 족히 가는데 이번에는 이틀 지나 몸이 조금씩 나아지기 시작했다. 야니냐가 다시 그 요상한 물을 바가지에 담아 들이민다.

_너. 한국 떠난 지 얼마나 됐다고 그랬지? 그렇게 오래 나와 있었는데도 고작 이틀을 아프고 말다니. 그 몸 참 착한 몸이네.

아, 묘한 말이다. 아파서 빌빌대는 환자에게 착한 몸을 가졌다니. 그녀의 표현을 빌리자면, 조금 덜 먹고 더 많은 차를 마시고 더 자고 더 천천히 여행하라고 내 착한 몸이 투정을 부리고 있는 것이란다. 내 몸이 내게 말을 걸고 있는 거란다(그렇게 따지면 스웨덴에서 요로결석 덕에 응급실에 실려 갔던 일은 몸이 내게 욕을 하며 소리를 지른 것이겠다).

그래, 어차피 아플 거라면 맘 좋게 생각해보지 뭐. 수건을 쓰고 정체를 알 수 없는 냄새가 풍기는 김을 코로 입으로 들이마시며 몸에게 말을 건다. 알았어, 거기 내 몸. 좋아, 좋다고. 밖으로 밖으로만 향하지 않고 너를 좀 더 살뜰하게 살펴줄 테니 우리 적당하게 잘 좀 지내보자. 제발.

자전거부터 시작할까

아이슬란드 남서부 해안선을 따라 떠나는 버스가 아침 일찍 있는 탓에 시간을 맞추려다 보니 이건 나와도 너무 일찍 나와 버렸다. 어젯밤에 먹고 반쯤 남겨 놓은 샌드위치를 가방에서 꺼내 생수통에 반쯤 채워온 사과 주스와 함께 먹으며 버스를 기다리는 중이다. 사람들이 바쁘게 오가는 터미널 앞에서 며칠 만에 바람도 없이 화창한 하늘을 보며 기지개를 켠다.

그때, 두 개의 자전거가 나란히 내 앞을 지나간다. 갈색 곱슬곱슬한 머리카락을 길게 기른 남자와 반짝거리는 금발의 단발머리를 뒤로 꼭 묶어 맨 여자가 똑같이 생긴 연두색 자전거를 나란히 타고 교차로에서 멈춰 섰다. 신호를 기다리는 중이었다. 그리고 남자는 자전거에 탄 채로 여자를 향해 입술을 내민다. 여자는 수줍게 웃더니 남자의 입술에 쪽! 입을 맞춘다. 그 소리까지 들린 건 아니지만 틀림없이 쪼~옥! 하는 상큼한 소리가 났을 터.

신호가 바뀌자 여자는 오른쪽으로 남자는 왼쪽으로 각자 자전거를 타고 떠나간다. 커플 자전거에 미뤄보면 어쩌면 둘은 같이 살고 있을지도 모르겠다. 아니면 어젯밤 남자가 여자의 집에서 잠을 잔 것일 수도. 평일 아침이니까 그렇게 같이 집을 나와 각자의 직장으로 출근을 하고 있는 것이 틀림없었다, 똑같이 생긴 자전거를 타고. 내가 물었다면, 혹시 그 연인들은 이런 대답을 했을지도 모르겠다.

_매일 아침 출근할 때 다른 길을 가더라도 같은 페달을 밟고 싶었지요. 저녁이 되면 똑같은 두 개의 자전거를 집 앞에 나란히 세워둘 생각에 두근거리고 싶었어요.

실은 똑같이 생긴 뭔가를 사서 커플이 나눠 갖는 건 사실 좀 유치한 게 아닌가, 하고 생각하곤 했다. 둘이 함께 있는 걸 보면 서로를 얼마나 사랑하는지 누구라도 알 수 있을 텐데. 굳이 똑같은 것을 나눠 가져서 커플이라고 자랑하고 다닐 필요까지 있을까? 그런데 저 자전거를 보니 알겠다. 어쩌면 사람들은 같이 있을 때보다 같이 있지 않을 때를 위해 똑같이 생긴 것을 사는가 보다. 아마도 서로에게 찰싹 붙어 있고 싶으니 사랑이 된 것이 분명한 일일 텐데. 항상 그럴 수는 없으니. 그래서 사랑하는 사람들은 똑같이 생긴 걸 하나씩 나눠 갖는가 보다.

그날 저녁 산책을 하러 나왔다가 꼭 병아리 같은 노란색 커플 운동화를 나눠 신은 어르신 두 분을 만났다. 무슨 마음으로 이런 발칙 깜찍한 신발을 사버린 것인지 나는 이제야 알고는 똑같은 운동화 두 쌍을 한참 동안 조르르 따라 다녔다.

오늘을 사는 여자
내일을 사는 남자

그녀는 나를 한 번도 오빠라고 부른 적이 없다. 이름도 부르지 않는다. 그냥 점훈이라고 부른다. 별명도 아니다. 반면 그는 나를 홍아라고 부른다. 이 녀석은 서른이 넘었는데 나를 그렇게 아기처럼 부른다. 두 사람과 몇 년간 적어도 한 달에 두세 번씩은 꼭 사이다를 탄 막걸리와 돼지곱창을 먹곤 했는데. 정말이지 나는 까맣게 모르고 있었다. 두 녀석이 나 몰래 앙큼하게 연애를 하고 있다…….

이상하게 매번 둘이 참 잘 어울린다고 생각하면서도 한 번도 진지하게 의심해본 적이 없었다. 처음 이 둘이 관계를 밝혔을 때 주변 가까운 사람들은 모두 지독한 배신감을 느꼈다고 한다. 하지만 나는 그냥 몹시 좋기만 한걸. 말 못 하는 사정이 있었겠지. 내 주변에 커플이 늘어나는 건 실은 조금도 반가운 일이 아니지만, 그래도 내가 좋아하고 동경하는 두 동생이 서로를 사랑하고 있다니. 세상에.

아이슬란드에서 불현듯 이 녀석들이 생각난 건 다른 한 커플 때문이었다. 크로아티아에서 온 티나는 믿기 힘들게도 지금까지 20대 중반이 되도록 키스 한 번 해본 적이 없는 아주 순진한 여자. 이 아이가 어느 날 갑자기 내게 메일을 보내서는 아주 많이 좋아하는 사람이 생겼다는 거다. 그런데 이야기를 자세히 들어보니, 이탈리아에서 왔다는 티나의 남자는 그녀와는 정반대로 지금까지 만나온 여자가 족히 수십 명은 되는 남자였다. 역시나 세상에. 저를 닮은 청순한 남자와 첫사랑을 시작할 게 너무 당연해 보였던 티나의 가슴에는 생각지도 못했던 늑대 한 마리— 아마도 연애에 통달했을 사내가 통째로 들어와 버렸다. 사랑에 빠지는 것만 한 반전이 또 없었다.

어느 날 그녀가 내게 물은 적이 있다. 점훈이는 왜 그렇게 뭘 자꾸 하려고 해? 욕인지 칭찬인지 몰라 눈만 깜빡거리고 있는 내게 다시 말했다. 나는 그냥 모든 게 이대로 참 좋은데. 그녀는 무언가 하지 않아도, 꼭 무언가 되지 않아도 매일 자기 곁에 있을 수 있는 종류의 사람이었다. 하지만 그는 달랐다. 여섯 시에 일어나서 성경을 공부하고 운동을 하고 회사를 가고 또 영어를 배워야 하는, 그래서 날마다 한 발씩 앞으로 나아가며 자기를 찾는 종류의 사람. 서른이 되어 잘 다니던 회사를 그만두고 하고 싶었던 일을 꼭 해야겠다며 자동차 정비사가 될 만큼 용감한 남자였다. 그 둘이 사랑을 하고 있는 것. 오늘을 사는 그녀와 내일을 사는 그처럼 서로를 닮지 않은 사람들이 복작복작 사랑에 빠지는 것도 또 반전이라면 반전이었다.

잘 말려 개어 놓은 한 장의 수건처럼 단정한 남자와
날마다 가슴에 장맛비가 쏟아 치는 여자.
달팽이같이 마음을 꼭 붙들고 사는 여자와
가슴의 창을 다 열어버려 천 갈래 바람을 안고 사는 남자.
세상을 가장 치열하게 사는 남자와
세상을 아주 만만하게 사는 여자.
또 세상 어디에 그렇게 다른 이들이 사랑에 빠질 것이다.

애당초 사랑을 예측한다는 건 말이 되지 않았다.
얼마나 다행일까, 사랑이 이처럼 뻔하지 않은 것은.

형편없고 달콤한 도시

지붕 위에서 달을 보고 있는 중이에요. 옥상이 아니라 정말 사람이 올라갈 수 없게 되어 있는, 꼭 금방 무너질 것 같은 오래된 지붕이죠. 벌써 한 시간이 다 됐군요. 옥탑방에 나 있는 작은 창문을 밟고 나와서 옆집과 닿아 있는 벽을 타고 끙끙거리며 올라왔죠. 혼자였다면 절대로 이런 곳에 오지는 않았을 거예요. 그렇지만 웬걸, 이곳은 정말 로맨틱한 곳이네요.

_암스테르담의 밤하늘도 생각보다 별이 많아요.

그녀는 그렇게 말했어요. 나는 그 말에 대답을 못하고 다만, 와, 하고 감탄사만 내뱉었죠. 왜 그랬는지 모르겠지만 나는 꼭 빨강머리 앤이 된 것 같다는 생각이 들었어요. 옥탑방에 살고 있는, 매일 밤 아무도 깨지 않도록 도둑고양이처럼 지붕에 올라와 별과 달만 한참 바라다보다 내려가는 소녀 말이죠.

아주 드물지만, 여행은 가끔 거짓말 같은 마법을 부릴 때가 있어요. 그녀와 나는 정말로 딱 두 시간 전에 암스테르담 시내에 아무렇게나 생긴 공원에서 만났어요. 그녀는 감자튀김을 마요네즈에 듬뿍 찍어 먹고 있었고, 나는 호스텔로 가기 전에 마지막으로 사진 몇 장을 더 찍고 있었죠. 실은 암스테르담은 정말로 후지다고 생각하는 중이었어요. 기대를 너무 많이 했는지도 몰라요. 아무것도 볼 것도 사랑할 것도 없이 이 도시는 참 쓸모없고 외롭다고 나는 결론을 내렸죠. 이

곳에 다시 오는 일은 없을 거라고 다짐도 했어요.

그때, 그녀가 먼저 말을 걸었어요. 어디에서 왔나요? 나는 바로 대답을 안 해주고 똑같이 물었어요. 당신은 어디에서 왔는데요? 좀 전에 말했듯이 나는 조금 심통이 나있었거든요. 그녀는 이탈리아에서 왔지만 영국에서 살고 있고 이곳에서 일주일 동안 여행을 하고 있다고 했어요. 나도 말해줬죠. 이곳에 일주일 동안 여행을 하러 왔고 이제 아이슬란드로 갈 거라고요. 그러자 그녀는 열심히 먹던 감자튀김을 내려놓고 감탄하며 말했어요. 세상에, 아이슬란드?

그렇게 우리 이야기는 시작된 거죠. 그녀의 영어는 사실 나보다 한참 서툴러서 따지고 보면 우리가 많은 대화를 나눈 건 아니에요. 어떤 말들은 세 번, 네 번을 다른 단어로 고쳐 말해야 했거든요. 서로 잘못 알아들으니까. 그렇지만 별 얘기를 다한 거 같긴 하네요. 첫사랑 얘기, 좋아하는 여행지부터 가장 끔찍했던 영화까지. 그러다가 말이죠, 나는 너무 자연스럽게 그녀가 머물고 있는 아주 작은 호텔의 옥탑방에 올라와 이렇게 꼭대기 지붕에까지 이르게 된 거예요.

내가 주저리주저리 암스테르담이 얼마나 재미없고 형편없는 도시인지 불만을 토해내고 있을 때였어요. 갑자기, 오른쪽 볼이 따뜻해지네요. 깜짝 놀라 보니, 아, 그녀가 내 볼에 뽀뽀를 했군요! 맹세코 나는 그녀가 뽀뽀를 할 거라고는 생각도 못했어요. 그렇지만 이건 정말

와, 아늑하고 포근하고 기가 막히게 달콤하네요. 이번에는 내가 답례를 할 차례죠. 나는 그녀의 뽀얀 볼에 뽀뽀했어요. 그녀처럼 담백하고 단정하게, 쪽! 그녀가 배시시 웃네요. 나도 따라서 싱긋 웃었어요.

혹시 뭔가 좀 더 진한 다음을 기대했다면, 미안하지만 싱겁게도 이게 다예요. 우리는 같이 한참 동안 달을 더 봤어요. 그리고 그녀는 나를 엘리베이터도 없는 그 낡은 호텔 2층까지 배웅해줬죠. 나라면 방문 앞까지 배웅을 하거나 아니면 호텔 입구까지 배웅을 했을 텐데 왜 하필이면 어중간한 2층이었는지 모르겠어요. 방문까지만 배웅을 했으면 이 예쁜 밤이 너무 사소하게 느껴졌을지도 모르고, 호텔 앞까지 나왔다면 내가 혹시 그녀가 나를 좋아한다고 착각할지도 모르니까 나름 신경을 쓴 걸 수도 있겠군요. 사실 그녀는 내가 좋아하는 타입은 절대 아니에요. 그랬다면 조금이라도 그녀 방에 오래 머물기 위해 잔꾀를 굴렸을 거예요. 아마도 나 역시 그녀가 매력을 느끼는 종류의 남자는 아니었겠죠. 나를 잡지 않았으니까.

그러니까 우리는. 그 밤에 느닷없이 찾아온 지붕 위의 로맨스에 취해서 그랬어요. 그거 아니고는 그 뽀뽀를 설명할 방법이 없네요. 별빛에 취해서 여행에 취해서 외로움에 취해서 그랬죠.

우리는 살면서 다시는 만날 수 없을 거예요. 우리는 금방 서로의 이름도 잊을 거예요. 아마 얼굴도 기억이 안 날 거예요. 그렇지만 단 하나, 내가 여기에 그리고 그녀가 바로 내 옆에서 같이 밤하늘을 바라봤던 기억만큼은 하나도 잊지 않고 그대로 안고 살아갈 거예요.

기대도 하지 않고 있을 때 어느 날 문득 여행이 펼쳐 놓는 예쁘고 소박한 마법이 없었다면 우리는 여행을 지금의 반만큼도 좋아하지 않게 돼버렸을 것이 틀림없죠. 어쨌든 나는 이제 암스테르담을 이렇게 고쳐 말해야만 할 것 같네요.

형편없고 재미없는, 그렇지만 달콤한 나의 암스테르담.

반드시 사랑이 되지 않아도

당신 목소리가 좋다. 약간 콧소리가 나면서 살짝, 자세히 듣지 않으면 눈치 채기 힘든 애교가 섞인 너무 낮지도 높지도 않은 목소리. 또 나는 당신이 그 목소리로 혼자 흐으응 흐으응 하면서 버릇처럼 이상하게 흥얼거리는 것도 좋다. 당신은 밥을 먹을 때도, 그림을 그릴 때도, 멋쩍을 때나 은근슬쩍 관심을 받고 싶을 때도 그 소리를 낸다. 그러면 나도 흐으응 흐으응 하면서 당신을 따라 한다.

나는 당신의 긴 다리가 좋다. 당신이 약간 팔자걸음으로 뒤꿈치를 살짝 들고 팔을 휘휘 저어가며 개구쟁이처럼 살풋살풋 이상한 리듬에 맞춘 듯 걸어가는 걸 보고 있으면, 그래서 긴 다리가 춤을 추는 걸 보고 있으면, 꽉 막힌 내 가슴에 천 갈래 바람이 드는 것 같다.

나는 당신이 만들어 놓은 유치원생 같은 낙서들도 좋다. 당신이 얼마나 그림에 소질이 없는지, 얼마나 글씨를 못 쓰는지, 그러면서도 심심한 걸 못 참아서 뭐라도 해야 하는 탓에 참 열심히 그림을 그리고 참 열심히 뭔가를 쓰는 것이 좋다. 당신이 삐뚤빼뚤 써놓은 우스꽝스런 글씨들을 알아보려고 한참 동안 보고 있던 적이 한두 번이 아니었다.

또 뭘까. 당신의 지금 막 그려 넣은 것처럼 깊고 짙은 눈썹이 좋고, 그 안에 동그랗게 박힌 갈색 눈동자가 좋고, 눈동자를 따라 동그랗게 생긴, 이상하게 원숭이를 생각나게 하는 그래도 꽤 높게 잘 서있는 그 콧대와 코가 좋다. 작은 귀와 그 귀 뒤쪽으로 나있는 잔머리와 조금 푸른 피부색이 좋다. 당신의 무릎이 살짝살짝 보일 때는 꼭 숨이 멎을 것만 같고 당신이 웃으며 윙크를 할 때는 다가가 날이 가고 밤이 지날 때까지 안아주고 싶다.

하지만 그대야.

나는 절대로 절대로 당신에게 좋아한다는 말을 하지는 않을 생각이다. 그러니 당신은 절대로 여기 내 마음에 한때 당신으로 가득 차서, 그 생각에 시를 쓰고 노래를 짓고 그림을 그렸다는 걸 알 수 없을 거란다. 어떤 사람들은 그렇게 좋으면 왜 고백하지 않느냐고 내게 타박하겠지만, 그런 사람들은 마음에 빈 그림을 걸어두지 못하는 종류의 사람. 부치지 못할 편지는 틀림없이 한 번도 써본 적이 없는 사람.

세상에 온통 예쁜 것들만 데려다가 몸에 웃음에 가슴에 담고 있는 그대야.

모든 게 무엇이 될 필요는 없다. 모든 게 보여야 하는 것도 아니다. 꼭 사랑이 되어야 전부인 것도 아니다. 가끔은 이렇게 아주 조그마한 이 마음 그대로 너무 충분해서 당신을 내가 꼭 갖지 않아도 아무 상관이 없었다는 걸. 때로는 우리가 꼭 사랑이 되지 않아도 괜찮다는 걸. 나는 제일 깊은 서랍에 당신을 꼬옥 접어서 넣어둘 거란다. 그거면 된다.

이상한 마을의 꼬마 장사꾼

목적지는 정해져 있었지만 가는 길은 정해져 있지 않았다. 히치하이킹이란 그런 거다. 만나는 사람이 곧 길이 되는 것. 한 시간 남짓 도로에서 기다린 끝에 겨우 차를 얻어 타고 스티키스홀무르라는 작은 바닷가마을에 닿았다. 서북부지역으로 가는 길은 내륙을 통해서도 가능했지만 이곳에서는 배를 타고 올라가는 게 더 편하고 빠르다.

배편을 예약하고 얼마간 시간이 남아 마을을 좀 둘러보기로 했다. 높은 건물이 없고 드문드문 단층집들 사이에 너르고 푸른 잔디가 깔린 아름다운 마을이었다. 마을의 크기와 대조적인 커다란 축구장에서 공놀이를 하고 있는 소년들이 보였다. 소년들 뒤로는 아이슬란드 어디에서나 볼 수 있는— 만년설을 꼭대기에 품고서 우뚝 솟아있는 광막한 산이 아무렇지도 않게 버티고 있었다. 날마다 거대한 산맥과 만년설을 보면서 마찬가지로 아무렇지도 않게 축구를 하는 녀석들이 내게는 오히려 비현실적으로 느껴진다. 오빠를 응원하러 온 것일까. 그 옆에 물을 마시며 쉬고 있는 소녀에게 말을 걸어 보았다. 영어를 못하는지 어깨를 한 번 으쓱하고는 새하얀 이를 반쯤 감추고 부끄러운 듯 웃었다.

길을 좀 더 걸으니 슈퍼마켓이 있었다. 불현듯 짭조름하게 말린 소시지가 먹고 싶은걸. 그런데 이 슈퍼마켓 입구에 꼬맹이 하나가 작은 가판을 만들어 놓고 그 위에 잔뜩 돌들을 펼쳐놓고 있는 거였다. 삐죽 빼죽 멋대로 생긴 특별할 것 없는 돌들. 대체 무슨 일인지 궁금해서 녀석에게 뭘 하고 있는지 물었다. 그런데 돌아오는 대답이 가관. 나는 혹시 녀석이 영어를 잘 못하거나 아니면 내가 잘못 알아들은 게 아닌지 다시 한 번 물었다. 녀석은 귀찮게 하지 말라는 듯 다소 야멸찬 표정을 지으며 똑같이, 그렇지만 이번에는 좀 더 힘줘 말한다.

_작년 내내 열심히 모은 돌들을 팔 거예요!

세상에. 슈퍼마켓 앞에서 돌멩이를 팔고 있는 꼬마 장사꾼이라니. 녀석의 말인 즉, 마을 뒷산과 해변을 헤집고 다니며 특별히 예쁜 돌들만 주위 모았단다. 난 어처구니없다는 표정을 감추지 못했다. 녀석이 내 표정을 읽고는 눈을 흘긴다. 그렇지만, 저 돌을 팔아서 용돈을 벌어보겠다는 기발한 아이디어에 감탄하면서도 내심 코웃음을 칠 수밖에.

그런데 더 황당한 건 다음이었다. 한참 슈퍼마켓을 구경하다가 소시지와 콜라를 사서 나오는 길에 다시 보니, 맙소사 진짜 그 돌들을 사려고 사람들이 모여 있는 게 아닌가? 무슨 말인지 알아들을 수는 없었지만 서너 명의 어른들이 녀석의 돌을 구경하고 있었다. 미심쩍기도 하고 신기하기도 해서 잠시 구경을 하고 있자니, 어른들은 녀석과 흥정을 하기도 하고 짐짓 심각하게 그중 나은 돌을 고르고는 동전 몇 개를 녀석에게 쥐어주기도 하는 것. 그리고 나를 보는 황당한 꼬마 장사꾼의 저 의기양양한 표정!

녀석은 수완이 아주 좋은 장사꾼이었고 이날의 비즈니스는 얼핏 보아도 대성공이었다. 저녁이 되면 이 아이는 집으로 돌아가 엄마에게 오늘 용돈 이만큼을 벌었노라 자랑을 늘어놓을 테지. 그러면 그의 엄마는 다시 언젠가 돌멩이를 팔러 나온 다른 집 소녀의 예쁜 돌멩이를 사줄 것이 틀림없었다.

돌을 파는 꼬마들과 그걸 사는 어른들이 사는 마을. 스티키스홀무르에서는 그렇게 집집마다 돌아가며 아이들의 꿈을 지켜내는 것이었다.

어제도 내일도 없는 것처럼

_꼭 어제도 내일도 없는 것 같죠?

선생님이 말했다. 소풍을 나온 건지 여행을 온 건지 알 수 없지만, 똑같은 옷을 입은 채 아무리 불러도 대답을 하지 않고 자기들끼리 놀이에 푹 빠져 있는 아이들을 어떻게든 통솔해보려다 도저히 안 되겠는지 고개를 휘휘 저으면서. 나는 금방 무슨 소린지 눈치 채고는 웃으며 답했다, 애들이 다 그렇죠 뭐. 그리고 아이들 사이로 끼어들어 나도 씨잉, 그네를 탄다.

행복의 조건에 관한 다큐멘터리를 본 적이 있다. 요지는 이렇다. 스스로 불행하다는 생각에 깊은 슬픔에 빠진 사람들은 사실은 대부분 당장의 불행 속에 있는 것이 아니다. 불행했던 과거로부터 빠져 나오지 못하고 있는 것이거나, 앞으로 다가올 불행을 걱정하고 있는 것이다. 그러니 부디 당신 앞에 놓여 있는 한 잔의 차에 집중해라. 당신의 이 순간의 눈에 발가락에 손끝에 집중해라. 어제나 내일을 살지 말고 오늘을 살아라. 처음에는 무슨 시답잖은 소린가 싶었지만 나중엔 이 말이 꼭 가끔씩 저 철없는 애들처럼 살라는 말로 들렸다. 어제도 없고 내일도 안중에 없는, 그저 이 순간이 삶의 전부인 아이들처럼.

배를 타고 북부로 떠나가는 여행자들을 향해 끊임없이 손을 흔들어주던 포구의 꼬마들. 1년 동안 열심히 모은 예쁜 돌멩이들을 팔아볼 요량으로 동네 슈퍼마켓 앞에 작은 가판을 차린 녀석. 엄마가 부르는

소리를 애써 무시하면서 까르르 동무들과 미끄럼틀을 타는 소녀. 이 아이들은 아주 열심히 어제도 내일도 아니고 딱 이 시간을 온몸으로 살고 있다. 순간에 자신을 통째로 내어준 아이들을 생각하면 다큐멘터리에서 말한 행복의 조건과 크게 다르지 않았다.

우리가 정말로 불행한 사람이라면 안타깝게도 세상에 우리를 도울 수 있는 방법은 많지 않다. 하지만 만약 누군가 지금 불행한 사람이 아니라 과거의 기억이나 미래에 대한 걱정으로 끊임없이 오늘을 불행하게 만드는 사람이라면, 어쩌면 저 아이들이 해답을 주고 있지 않은가.

당장 고민이 산처럼 많은 당신에게, 상처가 너무 생생해서 아직 그 생채기에 딱지도 앉지 않은 당신에게 그저 아이처럼 살라는 같잖은 충고를 하려는 것이 아니다. 사실은 당신은 불행한 것이 아니라고, 엄살은 집어 치우라고, 현실 모르는 소리를 하려는 것도 아니다.

그냥 가끔.
철이 없어지라고.
모든 순간 어른이 될 필요는 없다고.

내 인생에 어제나 내일이 없는 것처럼. 세상에 꼭 하루, 오늘만 있는 것처럼.

같이 갈 수 없어도
괜찮아요

사랑도 의리라고 말하던 사람이 있었지요. 나는 무슨 뜻인지도 모르면서 참 멋있다고 생각했어요. 얼마나 가슴 벅찬 일일까요. 의리를 지키는 것처럼 사랑을 지키는 사람을 사랑하게 된다는 것은. 하지만한참이 지나 알았지요. 그게 실은 얼마나 후진 말인지. 당신 가슴이변해도 당신을 잡아두겠다는 뜻이더군요. 내 마음이 변해도 당신 곁에 이 마음 꼭 변하지 않은 것처럼 자리를 차지하고 있겠다는 말이지요.

여행을 다니다 보면 헤어지고 만나는 사람들을 많이 보게 되지요. 평생 못 볼 줄 알았는데 다시 보게 되었다는 사람들도 있고요. 곧 다시볼 줄 알고 떠나보냈는데 아직도 돌아오지 않았다는 사람들도 있어요. 우리 무슨 일이 있어도 내년에 만나자, 작별할 때 약속하고는 10년이 지나 이제 연락도 끊어진 사람도 있군요. 그리고 이 여자는. 뭐라고 해야 좋을까요? 참 후진 사랑의 의리 따위는 용감하게 버린 사람이라고 해야 할까요?

자원봉사를 했던 기관 사무실 뒤에 도서관 겸 카페가 있었어요. 세번째 갔을 때였나, 깜빡 잊고 지갑을 숙소에 두고 왔죠. 돌아 나오려는데 나처럼 꽤나 오래 카페 한쪽 구석을 차지하고 앉아서 뭔가를 쓰거나 책을 보는 통에 몇 번 눈인사를 나눴던 여자가 제 커피 값을 내주겠다는 거예요. 내일은 당신이 커피를 사요, 라면서. 외국인의 나이를 짐작하기란 쉽지 않은 일이지만 내 어머니 나이 정도 되어 보이

는 사람. 아, 이제 보니 한쪽 다리를 절뚝거리는군요.

실은 그녀가 구구절절하게 사랑의 의리 이야기를 들려준 것은 아니었어요. 대신 커피 값을 내준 게 고마워서 대화라도 나눠볼 요량으로 내가 어머니 이야기를 들려주고, 아직 결혼을 안 한 탓에 어머니의 걱정이 이만저만 아니라는 고백도 주저리주저리 늘어놓자 그제야 그녀가 내게 해준 자신의 이야기. '남편도 다리가 불편한 장애인이었다. 그가 다른 여자를 사랑하게 되었다. 그는 나를 속이고 나쁜 짓을 못 하는 착한 사람. 그러니 다 식은 가슴을 데리고 어떻게든 내 곁에 있으려 했다. 참 지옥 같더라. 그래서 그 사람 내가 먼저 보내줬다. 그제야 나는 살 수 있겠더라······.' 이 정도의 말이었죠.

다리가 불편한 두 사람이 서로가 꼭 같은 마음일 것이라고 믿었겠죠. 그래서 둘만 절뚝절뚝한 세상에 살아도 좋을, 살다가 어느 어두운 밤에 절벽으로 떨어져 죽어도 좋을 그런 살림을 차리겠다 했겠죠. 그러니 그녀는 아마도 그녀 말처럼 쿨하게 남편을 보내주지는 못했을 거예요. 어쩌면 참 바보 같았을지도 모르죠. 하지만 나는 그녀가 분명이 말만큼은 그에게 했을 것 같아요. 괜찮다. 나와는 더 이상 함께 갈수 없다고 해도 미안해하지 마라. 나는 괜찮다.

아, 사랑의 의리를 지키겠다고, 평생이라는 말로는 부족해 영원이라는 말로 약속하는 사람들이 있었지요. 하지만 그녀는 사랑이란 어느 날 꽃이 되기도 하고 바람이 되기도 한다고 믿는 사람. 그러니 세상에 누구도 영원히 사랑할 수 있는 사람은 없는 것이 되지요. 같이 갈수 있는 곳까지만, 그곳까지만 마음을 다해 같이 갈 수 있으면 그것으로 사랑인 사람이 되지요.

나는 커피를 다 마시고 다시 그녀의 눈을 봅니다.
거기에 별처럼 단단하고 깊은, 그녀 사랑의 길이 있어요.

당신은 여기서 끝나지만

_뭐라도 주고 가요. 아무 거나.

왜냐고 묻지도 않고 그 사람은 커다란 여행 가방을 열고 뒤척뒤척하더니 아주 낡은 여권지갑 하나를 꺼냈다. 아무런 무늬도 없이 다 해진 것이었다. 나는 그걸 조심히 받아들었다. 그 사람은 내게 뭔가 기억할 것을 달라고 보채지 않았다. 주려고 만지작거리던 책 한 권을 나는 도로 가방 안에 집어넣었다.

아이슬란드에서 마지막으로 만난 사람이 당신인 것은 기분 좋은 일이었다. 조금 슬프고 조금 고마운 일이었다. 우리는 살면서 못 볼 수도 있고, 그래서 까맣게 당신을 잊어버리는 일이 일어날 수도 있으니 나는 뭐라도 당신을 추억할 것이 있어야 했다. 그리고 당신도 언젠가 방을 정리하다가, 짐을 다시 꾸리다가 나를 꼭 한 번 기억할 뭔가를 갖고 싶어 한다면 얼마나 좋을까.

어떤 사람들은 하나의 인연이 지나면 그의 기억을 지우려고 이를 악물곤 한다. 표백제와 세제를 들고 마음의 방을 빡빡 청소하는 것. 그는 오래지 않아 바람처럼 깨끗한 방을 갖게 될 것이다. 하지만 또 어떤 사람들은 누군가 남겨 놓은 칫솔도 마지막 서랍에 넣어두는 법. 내가 겪어낸 누군가가 마치 한 번도 내 안에 살지 않은 것처럼 사라지는 것보다 치우지 못한 짐들을 어딘가에 쌓아둔 채 조금 덜 안녕하게 사는 게 더 편한 사람들도 있었다.

그래서 여기 당신이라는 어떤 사람과 나라는 어떤 사람. 나는 당신이 아무렇지도 않게 준 여권지갑을 보고 있다. 참 다정하고 차가워서 내게서 아무 것도 가져갈 것이 없는 당신이었다. 자꾸 그리워서 채워지지 않는 이 마음, 낡은 지갑을 두고 보면 어쩔 수 있지 않을까, 헛되이 바란다. 여행의 짐이 무거워질 것을 알면서도 주섬주섬 뭔가를 모으는 마음을 달리 표현할 방법이 없다.

우리는 여기에서 끝날 것.
하지만 치워두지 못하고 자꾸자꾸 그리워하고 싶어서 그랬다.

3/3

TROMSO 150 DAYS

그 밤 오로라에게

울음도 기다림도
언젠가는 멈추겠죠

여름이 빠르게 지나가고 있었다. 백야가 끝나고 있었다. 가을이 오고 있다. 이제 곧 눈이 내리기 시작할 터. 노르웨이의 겨울은 한 번 눈이 오기 시작하면 일주일이고 열흘이고 그치지 않고 내린다고 하니, 무릎까지 허리까지 눈이 쌓일 게 틀림없다. 그 눈에 묻혀버려도 좋을 것 같았다. 그러면 나는 여름을 까맣게 잊어버리고 겨울을 살면 되는 것이다. 순록들을 따라 겨울을 다 헤매고 다녀도 상관이 없다.

보고 싶은 사람이 아무도 없다면 거짓말이다. 그리운 마음은 떠나보니 곱절이 되었다. 너는 무엇이 되어 있는가? 가만히 잠자리에 누우면 천장에 나타나 또 가만히 나를 내려다보는 사람이 있었다. 겨우 기억 속에나 사는 사람. 그걸 다 알면서도 손끝에 그 사람 온기가 다 느껴졌다.

그래도 이 한 철 지나면 괜찮아지겠지. 여름을 파랗게 밝히던 환한 잎들도 다 지는데 너라고 지지 말라는 법이 없으니. 밥을 먹으며 짐을 싸며 노래를 부르며 기다린다. 그리움도 다 지기를. 더는 문득문득 나약한 밤으로 찾아오지 않기를.

외로워서 온몸에 독기를 품었을 때, 그래서 사람들을 아주 많이 미워하면서도 내심 누군가 가난한 마음 가득 채워주기를 나는 기다렸을까. 그러다가 그리움으로 가득한 가슴이 텅텅 비기를 나는 다시 바랐을까. 간사하게도 꽃이 피기를, 꽃이 지기를, 어서 여름이 오기를, 또

겨울이 오기를.

더는 그립지 않다는 말은 더 이상 아무 것도 기다리지 않는다는 뜻이다. 그러므로 그립다는 말은 기다린다는 말이다. 네가 그리운 것을 용서하면서도 너를 기다리는 것만큼은 용서할 수 없었다. 그러니 나는 이렇게 말해야겠다. 내가 기다리는 것은 너를 기억하는 내 마음이 이제 그만 그쳐주기를 바라는 것이라고.

무언가 기다리고 다시 기다리는 것이 인생이라지만, 마찬가지로 그 기다림이 멈추기를 기다리는 것 역시 인생이었다. 울렁울렁 그리움의 멀미를 멈추고 어딘가 단단한 곳에 닿아 더 이상 아무것도 그리워하지 않게 되기를 바라는 것이 또 삶이었다.

나는 기다린다, 어서 겨울이 되어 이 기다림이 멈추기를.
연정이 그렇게 계절처럼 돌아가고 있었다.

누가 저 환희를
피워 놓았나

_소원은 빌었어요?

숨이 막혀 눈만 동그랗게 뜨고 입은 다물지 못한 채 멍하게 밤하늘만
바라보고 있는 내게 일본에서 온 요코가 물었다. 여전히 검은 밤하늘
의 한구석은 새파랗게 물결치고 있었다.

_우리 할머니가 그러는데, 저건 꼭 한 가지 소원을 들어 준대요. 대
신 살면서 처음 본 순간, 꼭 그 순간에 소원을 빌어야만 한대요.

하지만 막상 떠오르는 절박한 소원은 없었다. 나는 당장 절실한 것
이 없는 사람인지도 몰랐다. 소원이 있었다고 해도 어차피 저걸 처음
발견하고 꼼짝없이 이 자리에 얼음처럼 굳어져 버린 것은 벌써 몇 분
전의 일. 소원을 빌 수 있는 시간이 지나버렸다. 나는 그저 나지막이
중얼거릴 뿐.

_저거구나. 바로 그게…….

이제는 형형한 초록색으로 변해 까마득한 밤과 눈 덮인 산 사이로 부
서져 내리고 있었다. 세상 어딘가에 신이 꼭 있어서 그가 한 번씩은
내가 여기 있다고, 그 장엄한 존재를 증명해 보인다면 혹시 저와 같
은 방법이 아닐까. 그렇지 않고서는 내게 저 빛을 설명할 다른 방법
은 없었다. 어쩌면 이것은 긴 스칸디나비아 여행의 가장 화려한 선물

일지도 몰랐다.

어느 신이 저 검은 밤 위에 환희를 피워 놓았을까.
저기, 수천 가닥의 반짝이는 실타래가, 빛의 거대한 섬유가,
마침내 북극의 오로라가 쏟아져 내린다…….

언젠가 꼭 한 번은 오로라를 보게 될 거라고 생각했다. 게다가 노르
웨이 북쪽 땅에서 반년 가까운 시간을 보내는 이번에는 틀림없이 그
렇게 될 거라고. 특히 여기 트롬쇠는 오로라를 만나려는 여행자들의
베이스캠프 같은 곳이니까. 하지만 이렇게 갑작스럽게 아무렇지도
않은 밤에 무방비 상태로 만나게 될 줄은 몰랐다.

어찌 보면 저것은 누군가 밤하늘에 널어둔 커다란 형광의 커튼 같기
도 하고, 다시 보니 수만 마리의 빛나는 해파리 떼 같기도 하다. 아니
다, 전부 틀렸다. 내가 아는 말과 글이 부족해 저 빛과 모양을 설명
할 방법을 몰랐다. 다만 안개처럼 오래 천천히 흩어지는 것도 아니고
구름처럼 유유히 흘러가는 것도 아니어서 꼭 혜성처럼 짧으면 몇 분,
길어도 고작 몇십 분을 넘기지 않고 자취를 감춰버리곤 했다. 그리고
몇 초 동안이라도 가만히 멈춰 있는 법이 없다. 물이 산 틈을 굽이쳐
흘러가듯, 물결을 끊임없이 가르는 커다란 물고기의 지느러미처럼
그렇게 흩어지고, 흐르고, 뭉치고, 산란한다.

노르웨이 북쪽에서 오로라는 백야가 끝나기 시작하는 9월 초부터 펼쳐지기 시작한다. 밤하늘이 검고 맑아야 오로라를 볼 수 있다. 운이 좋으면 일주일에도 몇 번이나 제 빛을 보여준다. 나는 사진기 같은 건 깨끗하게 잊어버렸다. 몇 번이나 시도했지만 내게는 저 빛을 옮길 만한 재능과 기술이 없었다. 대신 그런 밤이면 몇 시간이고 동, 서, 남, 북— 하늘마다 유영하는 서로 다른 모양, 다른 크기의 오로라를 쫓아 다녔다. 꼭 저것을 기어이 잡으려는 사냥꾼처럼.

천국에서 온 초록빛. 언젠가 당신이 오로라를 만나게 되었을 때.

아마도 그때는 나처럼 오래 기다렸겠지만 또, 아주 갑작스러워 무방비 상태이기 십상이겠지만. 그래도 너무 까마득해지지 말고 부디 꼭 하나, 가슴 깊은 곳에 숨겨 놓았던 곱고 단정한 소원을 빌 수 있기를 바란다. 요코의 할머니 말처럼. 저 얼음 같고 불 같은 빛은 반드시 생애 꼭 한 번, 설레는 첫 순간에 비는 당신의 소원 하나를 들어줄 테니 말이다.

행복해지는 주문

_나는 행복한 사람이다. 나는 행복한 사람이다.

같은 층 저쪽 반대편에 사는 네팔에서 온 사내는 이상한 음을 붙여가며 요리를 할 때마다 그렇게 주문을 외우곤 한다. 이곳에서는 열 명이 넘는 사람들이 부엌과 화장실을 같이 쓰고 있으니 나는 일주일에도 몇 번씩 그의 주문을 들으며 요리할 때가 많았다. 노래 아닌 노래는 어쩔 때는 자신을 타이르듯 보였고 가끔은 조금 옹색해 보이기도 하는 것. 하지만 그렇게 주문을 외우는 동안 그는 실제로 꽤나 행복한 것처럼 보일 때가 제법 있었다.

그가 토요일 아침이면 그 전날 밤새 패스트푸드점에서 일하고 남은 햄버거를 가져다가 내게 한 개씩 나눠주는 일이 잦아지면서 우리는 조금씩 더 많은 이야기를 할 수 있게 되었다. 어느 날 내가 별 뜻도 없이 물었다.

_너는 실제로도 아주 행복하고 만족스러운 사람이야?

묻고 나서야 좀 바보 같은 질문이라는 생각이 들었지만 그는 꽤나 곰곰이 생각했다.

_잘 모르겠어, 그렇지만 이렇게 말하며 요리를 하고 있으면 실제로 기분 좋아지는 건 사실이야.

문득, 참 사람 좋은 문학 선생님 한 분이 예전에 내게 해주신 말이 생각났다. 엉뚱했지만 마음에 콕 와서 박혔던 말. 그는 내게, 한 마디의 말이, 한 줄의 글이 자신을 다 채우도록 허락하는 사람은 하면 빗질을 하는 대로 곱게 잘 넘겨지는 반곱슬머리 같은 마음을 가진 사람이라고 했다. 그리고 너는 꼭 반곱슬머리 같은 마음을 가진 사람이 되라고. 네팔에서 온 이 사내는 적어도 그런 순하고 말 잘 듣는 가슴을 가진 사람인 것이 틀림없었다. 가득히 행복의 주문을 채우도록 허락하는 마음의 사람.

한 마디의 말, 한 구절의 글귀가 주는 위안이란 생각보다 훨씬 클 때가 있다. 벌써 몇 년 전의 일이었을지 모른다. 아는 형님이 우연히 대학 화장실 문에서 봤다며 내게 들려준 글귀는 이랬다.

'그대 또 한참 울고 갔나 보다. 그 많던 목련 꽃 다 진 것을 보니.'

그때는 그저 누군가 참 맛있고 아득하게 잘 썼다, 하고 지나쳤지만, 두고두고 이 문장은 나를 떠나지 않았다. 쉽게 사람들에게 마음을 주고 그래서 꼭 그만큼 상처를 받는 것이 밥 먹듯 흔한 나이였기 때문에 그랬을까? 꽃이 활짝 핀 나무 아래서 계절이 다 지나도록 오래 울고 갔을 누군가가 꼭 나인 것만 같았다. 가끔 만개한 꽃만 보아도 어디서 마음을 다친 사람 하나 저 아래 몰래 울고 있을 것 같았다. 그래서 그 말이 그보다 더 좋을 수 없었다.

어쩌면 누가 또 오늘밤 마법의 주문을 외우고 있을까. 그래서 반곱슬 머리 같은 마음을 가득 채우고 있는지도 몰랐다. 그가 행복했으면 좋겠다.

노르웨이 숲

가을이 깊어 노랗게 물든 노르웨이 숲을 걷고 있습니다.

숲길 끝에는 맑은 청회색 강이 흐르고
그 건너에 깎아지른 절벽을 품은 거대한 산 한 채 서 있지요.

산꼭대기에 여름을 고되게 견딘 만년설이 오래오래
가을빛이 물드는 노르웨이 숲만 내려다보고 있습니다.

아름다워 혼미한 내게 숲이 묻습니다.

어디를 가고 있습니까?

더 깊게 이어진 길에 닿으며 나는 대답합니다.
아무 곳에도 가지 않습니다. 다만 이곳에 이르고 싶었지요.

숲은 바람만 데려다 놓고 더는 말이 없습니다.
그 바람 소심하게 머리카락만 흩어 놓고 가네요.

무언가 절박한 것을 찾고 있다고 생각했지만
다시 보니 그렇지 않은 것 같습니다.
어딘가 닿기를 간절히 바란다고 믿었지만
그런 것이 아니었을지도 모르겠습니다.

아, 텅 비고 가득 찬 나무들이
자꾸 얼굴 위에 내려오네요.

나는 당신 없이 뚜벅뚜벅
노르웨이 숲을 걸었습니다.

아무도 용서할 수 없거든

아무도 용서할 수 없을 때는 숲으로 가는 것이 좋다.
가을 낙엽에 흩어진 나이든 길을 더듬어 걷는 것이 좋다.
자작나무는 쓸쓸하게 큰 것을 어느 소철나무는 슬프게 작은 것을
모르고 살았다고 자신을 탓하는 것이 좋다.
오래된 길도 그대로 늙어 숲이 된 곳.
가으내 품었던 잎들과 나무와 새들을 흩어 놓는다고
바람을, 겨울을, 사람을 미워하는 숲을 본 적이 없다.
숲에 드는 것은 모두 그대로 숲이 되기 때문이었다.

잊거나 못 잊는 게 아니라 그렇게 같이 사는 것이다.
상처라는 것도 용서라는 것도.

겨울이 오기 전에 아무도 용서할 수 없거든 숲으로 가는 것이 좋다.

안녕하시지요?

이제 겨우 9월 초순. 지금 시각은 새벽 3시 15분.
담배나 한 대 피우려고 밖으로 나갔지요.

아, 아무도 모르게 첫눈이 오더군요.

그냥.

당신 안녕하시냐는 말이 하고 싶었지요.
나는 안녕하다는 말이 꼭 하고 싶었지요.

겨울이 왔습니다

네, 맞습니다. 내가 그랬지요. 저녁을 먹고 버스를 타고 가면서 한참 동안 말이 없다가 갑자기 무뚝뚝하게 물었지요. 그 남는 손을 잡아도 되겠느냐고. 당신은 그때 내게 은근슬쩍 손을 내주고 나서도 한참이 지나 알려줬습니다. 손을 처음 잡을 때 그렇게 잡아도 되느냐고 물어보는 것이 아니라고. 이 말도 생각납니다. 이 여행이 끝나고 돌아올 땐 당신이 좋아하는 사진들만 골라 벽 한쪽을 다 꾸며 주겠다고 내가 약속했지요. 당신에게 맡겨 두었던 두 권의 책과 보라색 신발도 다 기억하고 있습니다.

하지만 이제 나는 이 말을 해야 하는가 봅니다.
그 책과 신발이 더 이상 필요하지 않습니다.
그 입술과 손도, 그리고 당신도 나는 필요하지 않게 됐습니다.
내 마음이 다 떠난 겁니다.

당신은 어쩌면 내가 당신을 사랑한 적 없다고 생각하게 될지도 모르겠습니다. 가슴이 시키지 않는 말들을 하고, 바람 같은 이 사람 꼭 바람 같은 약속으로 당신을 흩어 놓은 것이라고. 그런 것이 아닙니다. 당신의 손을 가만히 보다가 그 손을 너무 잡고 싶어서 그 손 내가 잡아도 되겠느냐고, 버스 창 건너에 지나는 나무들에게 혼자 얼마나 연습을 했는지 모릅니다. 당신의 빨간 단풍 같은 입술을 만지면서는 혹시 내가 당신을 쉽게 바라는 것이라고 오해할까 봐 몇 번을 망설이고 다시 망설였는지 모릅니다. 하얀 벽을 가득 채울 사진들을 상상하면서는 은근슬쩍 당신의 방에 내 살림을 차릴 것도 꿈꿔 보았지요.

그런데 말입니다. 당신아. 꽃이 지더군요. 검은 밤을 더 까맣게 채우던 별들이 새벽이 되어 사라졌습니다. 거리마다 타던 복자기나무 단풍이 가을을 지나 떨어졌습니다. 내 마음에 당신의 집에 그 하얗고 순하던 등이 꺼졌습니다. 당신이 그리운 것과는 상관없이, 당신이 아직 내게 소중한 사람인 것과는 상관없이 내 마음이 그쳐버렸습니다. 당신이 뭘 잘못한 게 아니듯 나도 내 마음을 어찌했던 것이 아닙니다. 고작 한 철을 뜨겁고 멈추는 이 마음을, 당신이 나를 미워하는 것보다 아마도 조금 더 많이 나는 미워했습니다.

당신아, 그런데 나는 이제 내 마음을 용서할 생각입니다. 나는 이 마음을 가지고 살아갈 생각입니다.

그러니 당신도 부디 오래된 꽃들과 나를 용서하기 바랍니다. 오랫동안 미웠던 별들과 나무들과 저를 보내주기 바랍니다.

저기, 다시 겨울이 오고 있습니다.

운명적이다

나는 때로 나의 여행을 의심한다. 내가 떠났던 것들을 의심한다. 어쩌면 나는 이미 떠나야 했던 시간을 놓쳐버렸거나, 아직 떠나야 하는 시간이 오지 않은 것인데 순진하게도 너무 가볍게 짐을 쌌던 게 아닌지 생각한다. 그런 날에는 나도 모르게 돌아가야 하는 시간을 세고 있었다. 조급할 것이 없으면서도 조급한 마음만 9할이 되어 짐처럼 놓여 있다. 찾을 수 없는 것을 찾고 있을지 모른다고 자신을 의심하는 순간 사람들은 초라해진다. 가슴을 뛰게 했던 길이, 그런 사람이, 그래서 모르는 사이 온 마음을 다해 믿어버린 어떤 여정이 틀렸을지도 모르겠다고 의심하는 순간 무너져 내린다.

그 의심이 지나치게 커졌을 때 그걸 다독거리는 나의 방법은 단 하나뿐이다. 다시 묻는 것이다. 만약 그때로 돌아간대도 나는 같은 선택을 하게 되는가. 돌아오는 대답이, 아니, 라면 나는 마땅히 해야 하는 의심과 질책을 하고 있는 것이다. 대신 대답이, 응, 이라면 그때의 결정은 이제 선택이 아니라 작은 운명 같은 게 된다. 내가 어쩔 수 있는 게 아니었던 길. 운명이라는 말이 그러므로 사실은 대단할 것이 없다. 운명을 찾게 되는 일이 많아지면 그건 가슴에 의심이 늘어난다는 뜻. 그러니 어떤 여행은, 길은, 사람은, 까마득한 그리움은 운명이라는 이름을 달고서야 이해되는 것이다. 가슴에 의심이 넘치기 때문이었다.

아는 형님과 엊그제 안부를 주고받으며 그런 말을 들었다. 나이가 들면, 그래서 흰머리가 많이 생기고 눈가에 하나둘 주름도 지면 어딘가로 떠나는 일이 무서워진다고. 두고 갈 수 없는 것들이 많아졌기 때문이 아니고 떠날 수 있는 곳들이 적어졌기 때문도 아니다. 사실은 그저 마음에 의심이 늘었기 때문. 자기를 믿지 못하는 건 슬픈 일이지만 후회를 두려워할 줄 알게 되는 것은 어쩌면 현명해지는 일이 아니겠느냐고 그는 되물었다. 나는 망설이다가 대답했다. 형님은 그럴 운명인가 봐요. 차마 이 말을 하지는 못했다. 언젠가 형님이 꼭 떠나야 하는 그런 운명이 올지도 모르죠.

밤이 깊었다. 한국에서 이곳까지는 까마득한 거리. 나는 무엇을 찾으려고 이곳에 왔을까? 운명이라는 말을 데려다가 가슴에 차는 의심을 달랜다.

죄책감이 없는 배

왜 그런지 모르겠다. 요즘 들어 지도를 놓고 보면 섬들이 제일 먼저 눈에 들어온다. 그저 아무 섬에나 가고 싶어서 짐을 쌌다. 그런데 막상 제일 중요한 배 시간표를 잘못 계산해버린 것. 게다가 오후가 조금만 늦어도 해가 져버리는 시기였다. 그래서 지금은 세상이 모두 캄캄한 밤. 크고 작은 섬들과 섬들 사이를 오가는 뱃길을 정하고도 창밖으로 아무것도 보이지 않는 때가 돼서야 배를 탈 수 있었다.

검은 바다와 검은 하늘을 가르는 한두 줄기의 빛에 의지해서 이 배는 밤을 헤치며 가고 있다. 갈매기들도 보이지 않고 먼 길을 떠나온 게 분명해 보이는 사람들은 오래 버티지 못 한 채 배 여기저기에서 잠이 들었다. 처음에는 바다도 섬도 아무것도 보이지 않는 탓에 내가 바보 같다는 생각도, 뱃삯이 아깝다는 생각도 들었지만 곧 사라져버렸다.

배 안을 밝히는 불들이 다 꺼지고 그 어둠에 익숙해지니 이제 검은 바다는 오히려 조금 밝아지는 것. 레스토랑 바닥에 배낭을 고쳐 베고 눕는다. 이 꼬질꼬질한 파란색 배낭이 지금은 내가 가진 전부. 낮이면 아무도 이렇게 하지 못했을 텐데. 밤이 되니 사람들은 저마다의 짐을 베고 복도에, 레스토랑 바닥에 함부로 누워 있다. 아무도 뭐라고 하지 않는다.

더 멀고, 높고, 위대한 어디에 도착하고 싶었다. 그럴싸한 목적지 같았다. 이상한 일이지. 최선을 다해 한참 떠나온 것 같은데 돌아보면 같은 자리일 때가 많았다. 사람들은 언제나 나보다 훨씬 빠른 속도로 달렸다. 애타는 마음. 길 끝에 반드시 닿아야 하는 어디가 있고, 그곳에 이르기 전까지는 멈추면 안 된다고 배웠다. 길은 목마르고, 모자라고, 숨이 차올랐다.

멀리 떠나와 배운 것이 하나 있다. 어쩌면 목적지는 그 반대편에 있었을까. 새로운 어디에 도착하기 위한 길이 아니라, 첫 발을 내딛던 순간 우리는 이미 닿았던 게 아닐까. 이 길이, 삶이, 여행이 목적지였던 게 아닐까. 그제야 비로소 느리게 걷고, 오래 멈춰도 죄책감이 없었다.

세상에 불이 다 꺼지고 나 혼자 있었다. 섬들은 보이지 않지만 틀림없이 천천히 창 밖에 지나고 있을 것. 고향은 멀고 밤새 흔들려도 아침이 오기 전에 나는 어느 섬에 닿을 것이었다. 그 섬에 배를 묶고 한나절 걷고 나면 되는 것이었다.

그 섬이 있다면 ＼

그 섬에 가려고 짐을 쌌다.
그 섬에 닿으려고 먼 바다를 건너왔다.

누군가 그러더라, 사람도 모두 섬이라고.

차라리 당신이 섬이라면 얼마나 좋았을까.
그래서 어느 바다에 살고 있는지 알 수라도 있으면

다리라도 놓아 닿을 텐데.
검은 물 다 건너
당신 그 섬에 작고 오붓한 집이라도 지을 텐데.

당신은 외딴 섬도 되지 못하고
나는 어디에도 닿을 수가 없다.

가장 좋은 발가락

나는 아주 작은 방에 살고 있다. 책상이 하나 있고 작은 침대가 있다. 옷이 몇 벌 들어가면 다 차버리는 아주 작은 옷장도 있다. 그리고 샤워할 때마다 벽에 부딪치는 마찬가지로 아주 작은 화장실이 방 옆에 붙어 있다. 4년 동안 살았던 홍대의 원룸은 방이 꽤 큰 편이어서 우습게도 이곳으로 떠나오기 전 나는 유럽에서 2년 동안 여기저기 옮겨 다니며 살게 될 아주 작은 방들에 대해서 걱정했었다. 하지만 다행히도 지금은 오히려 작은 방이 충분하게 느껴질 때가 많다.

어머니는 내 작은 침대 위에 누워 있다. 사실 나와 어머니가 좁은 침대에 누워 같이 잔다는 건 쉽지 않을 것 같았기에 일부러 간이침대 하나를 빌려다 놓았다. 첫 며칠은 간이침대에서 잠을 자기도 했다. 그런데 나도 모르는 사이 언제부턴지 어머니와 같이 침대에 나란히 누워서 자게 돼버린 것. 아, 정확히 말하자면 나란히 눕는 건 아니다, 그 정도 공간이 나오지 않으니까. 대신 어머니가 바로 누워 있으면 난 그 옆에 반대편을 향해 거꾸로 눕는다. 그러니까 어머니는 내 발을 보게 되고 나는 어머니의 발을 보게 된다. 그러면 조금 더 넓게 잘 수 있다.

한국을 떠나온 지 1년이 지났을 즈음이다. 인터넷 화상통화를 하는 동안 내가 보고 싶다며 어머니가 갑자기 눈물을 보였다. 참 오랜만에 보는 울음이었다. 잠깐 한국에 들어갈까도 생각했지만 하고 있는 일과 공부 때문에 쉽지 않았다. 다행히 그동안 모아 놓은 항공권 마일

리지 덕분에 열흘 남짓 그녀를 이곳에 오도록 할 수 있었다.

쌔근쌔근, 낮게 코를 골면서 자고 있는 어머니 옆에 거꾸로 누워 자다가 깰 때면 가만히 어머니의 작은 발을 만진다. 샤워는 매일매일 못하는 한이 있어도 발만큼은 하루에도 여러 번 씻는 습관 덕인지 아무런 냄새가 나지 않았다. 그 발은 꼭 아기 발처럼 두 손으로 꽉 쥐고도 한참이 남을 만큼 작았다. 발가락마다 굳은살이 박여 있는데 그럼에도 발등은 뽀얗고 보드라웠다.

나는 어머니 가슴 만지는 걸 정말 좋아하는 아이였다. 잘 기억이 나지 않지만 또래 친구들이 벌써 젖을 뗐을 한참이 지난 후까지도 나는 어머니 젖을 먹었다고 한다. 어릴 때 어머니가 친구들이나 친척들에게 내가 아직도 가슴을 만져야 잠이 드는 철부지라고 말하며 장난삼아 놀리는 걸 몹시 싫어하면서도, 밤이 되면 어김없이 가슴을 만지고 나서야 편하게 잘 수 있었다. 하지만 나이가 좀 들고 집을 멀리 떠나 살면서 점점 어머니 가슴을 만지는 일은 없어져버렸다. 그리고 아주 오랫동안 그 가슴을 그리워하는 일도 없었다.

그런 내가 마지막으로 어머니의 가슴을 참 열심히 만졌던 때는 어머니께서 큰 수술을 받기 하루 전이었던 것 같다. 그 밤 병원의 작은 간이침대 위에서 내심 질투를 하시는 아버지를 옆에 두고도 어머니의 머리를 쓰다듬으며 자꾸자꾸 가슴을 만지던 기억이 난다. 열두 시간이 넘는 수술이 잘 끝나고, 어머니가 회복되는 몇 달 동안 다른 어느 때보다 많은 시간을 함께 보내면서 그녀의 병실 침대 위에서 같이 자야 하는 일이 꽤 있었다. 간이침대마저도 어머니에게서 너무 멀었다. 어떻게 이 좁은 침대에서 잘 수 있을까 고민하다가 찾아낸 방법이 바로 한 사람은 바른 방향으로, 다른 사람은 반대 방향으로 비켜 자는 것.

그렇게 거꾸로 자다 보면 자연스럽게 어머니 발이 눈에 들어온다. 지금껏 도무지 유심히 볼 기회가 없었던 작은 발이 밤 내내 눈앞에서 꼼지락거렸다. 예전에 어머니 가슴을 만지며 잠을 잔 것처럼 어머니 발을 꼬옥 잡고 잠을 잔다. 대부분 그 발은 차가울 때가 많지만 내가 꼭 잡고 있으면 손을 따라 금방 따뜻해지곤 했다.

돌이켜보면 어머니의 수술 이후 몇 가지가 분명히 달라졌던 것 같다. 여전히 나는 내 삶을 결정하는 대부분의 문제에 있어 지독히 독단적이지만 내 안의 수많은 방 중에 어머니의 방이 조금 더 커졌다고 해야 할까. 퇴원한 어머니와 아버지가 고향집에 계시고 나는 직장 때문에 서울에 있는 동안 자다가 문득 어머니 생각 때문에 깨어나는 일이 생겨났다. 어머니 목소리가 듣고 싶어 잠을 설치는 일도 생겼다. 한 번은 우연히 예전 직장 동료와 이런 이야기를 주고받을 일이 생겼는데, 그때 그녀가 재미있는 말을 했다.

_그거, 사무치는 거네요.

사무친다. 그런 걸 두고 가슴에 사무친다고 한다고 그녀가 내게 알려 줬다. 좋아하는 사람을 두고 낮과 밤 동안 내내 그리워하는 일은 있었지만 어머니를 그렇게 그리워하는 일이 처음이었던 내게 사무친다는 그 말은 참 이상하고 창피했다.

다시 여기 내 작은 방. 아주 작은 침대 위에 더 작은 그녀의 발이 졸고 있다. 어둠 속에서도 조그마한 발 두 개가 하얗게 꼼지락거린다.

두 손으로 꼭 잡으니 그 작은 발이 두근두근 심장 소리를 냈다.

북극권, 마침내 도착한 겨울

본격적으로 눈이 내리기 시작하며 트롬쇠 사람들의 교통수단이 달라졌다. 모르는 사람들은 체인을 감은 승용차 같은 게 아니겠느냐 하겠지만, 아니다. 정답은 바로 스키! 사람들은 스키를 타고 학교에 등교도 하고 회사에 출근도 한다. 그렇다고 가파른 언덕을 씽씽 타고 내려오는 스키장 풍경을 연상해서는 안 된다. 스키 폴대로 열심히 밀어가며 평평한 길, 오르막 내리막 언덕을 느릿느릿 달리는 것. 노르딕 스키다.

트롬쇠를 상하 좌우로 가로지르는 잘 닦인 스키 트레일은 눈이 없는 계절에는 하이킹 코스로 이용되지만, 겨울이 다가오고 나서야 진면목을 드러낸다. 가방을 둘러메고 집에서 나와 조금 걷다가 트레일로 들어서며 사람들은 스키를 꺼내 신는다. 그리고 열심히 스키를 타며 출퇴근을 하고 등하교를 한다. 스키 트레일은 다시 작은 길들로 이어져 있고 이 길들이 끝나는 곳에서 조금 더 걸으면 학교나 회사에 닿을 수 있다. 그러니 주요 건물마다 자전거 거치대와 나란히 세워져 있는 스키 거치대가 하나도 이상할 것이 없다.

또 하나, 겨울이 찾아오며 확연하게 달라진 건 밤이 길어졌다는 점이다. 언젠가 겨울이 되면 몇 주일이고 해가 뜨지 않는 마을이 나오는 영화를 본 적이 있다. 이때가 되면 흡혈귀들이 마을에 나타나 사람들을 죽이고 잡아가는 영화. 하지만 나는 그 영화를 보는 내내 단 한 번도 실제로 세상에 그런 마을이 있을 것이라고는 생각하지 못했다. 그

런데 여기가 12월이 되면 해가 지평선 밖으로 나오지 않는 바로 그런 곳. 아침과 정오와 오후가 모두 캄캄한 세상이다.

해가 뜨지 않는 이 밤의 계절은 극야라고 불렸다. 밤이 어두운 것은 당연한 일이지만, 여름에 해가 지지 않는 기간을 뜻하는 백야와 대조되는 말이다. 북 노르웨이에서 첫 겨울을 나는 사람들이 가장 힘들어하는 것이 바로 이 극야. 하루 종일 밤뿐이라는 게 얼핏 아주 신나고 재미있는 일처럼도 느껴지지만, 벌써 몇 년을 이곳에서 보낸 사람들은 몇 주 동안 햇빛을 볼 수 없다는 건 우울하고 심지어 끔찍하기까지 한 일이라고 입을 모았다. 실제로 극야가 있는 나라의 국민들이 비타민 결핍, 골다공증, 우울증 같은 질환을 더 많이 앓는다는 논문도 있으니. 그렇지만 아무려면 어떤가. 매일 딱 10분씩 밤이 늘어나다가 마침내 낮이 되어도 해가 뜨지 않는다니 나는 꼭 다른 행성에 와있는 기분이 들었다.

며칠 전에는 웃긴 이메일 하나가 도착했다. 트롬쇠 대학에서 보낸 이 이메일은 이렇게 시작하고 있었다.
'〈인조태양 카페〉 드디어 오픈.'

내용인즉, 이제 점점 일조량이 하루가 다르게 줄어들 테니 인조태양 카페에 들러 광합성을 하고 가라는 것. 우울증에도 좋고 신체 바이오리듬이 망가지지 않도록 도와주기도 한단다. 친절하게도 인조태양을

어떻게 쬐면 좋은지 가이드라인도 덧붙여 있었다.

인조태양이라고 대단한 뭔가가 있는 건 아니다. 그냥 조금 크기가 큰 빨간색 램프 몇 개. 그렇지만 사람들은 그 앞에서 진짜 광합성을 하는 것처럼 짧게 단잠을 자기도 하고 신문을 보기도 한다. 처음에는 10분씩 하루에 두세 번. 그래도 여전히 몸이 힘들거나 우울한 기분이 계속되면 시간을 조금 늘려서 20~30분 정도 쬐면 좋단다.

겨울이 깊어지면 햇빛을 볼 수 없어서 인조태양을 만들어 놓고 햇빛을 대신하는 사람들. 나도 가만히 저 가짜 햇빛을 맞으며 앉았다. 누구든 그리워하는 게 있기 마련이니까. 얼마 전에 먹은 기가 막히게 달콤한 마카롱이 그립다든지, 오래 전에 헤어진 사람이 보고 싶다든지. 그러니까 꼭 그렇게 이 사람들은 지금 햇빛을 그리워하고 있는 것. 보고 있으면 세상이 온통 다 까매질 만큼 새하얗게 부서져 내리는 그런 햇빛을 사람들은 상상하고 있을 것이었다.

자, 이제 그들을 따라 나도 눈을 감는다. 눈꺼풀 너머로 진짜 빨갛게 노을이 지고 있다. 나는 버스 대신 스키를 타고 학교와 직장에 가는, 하루 24시간이 밤뿐이어서 가짜 태양을 만들어 놓고 햇빛을 추억하는, 그런 눈의 나라에 와 있었다.

마침내. 눈의 나라에 겨울이 왔다.

시부 이야기

네팔에서 온 시각장애인, 시부. 경쟁률이 치열하기로 소문난 UN에서 근무했고, 지금은 사랑하는 아내와 그를 닮아 콧대가 아주 높은 예쁜 딸을 멀리 떠나 혼자서 공부하고 있는 사람. 비장애인이 보기에 어떻게 그렇게 할 수 있었을까 싶을 정도로 많은 것들을 이뤄가고 있는 남자. 하지만 조금 이기적이고 가끔 냉소적인 사람. 혹시 시부는 다행히 아주 부유한 집안에서 태어났는지도 몰랐다. 네팔에서 온 다른 친구의 말을 빌리자면, 그들의 사회에서 장애인으로 성공하기란 집안의 재력이 없으면 하늘에 별 따기만큼 어려운 일이라고 했다.

그렇게 가깝지도 멀지도 않은 친구로 훌쩍 1년을 보낸 어느 날이었다. 둘이 식당에서 밥을 먹는 동안 나는 그의 여행 이야기를 들어볼 요량으로 뜬금없이 이런저런 질문을 던지고 있었다. 그러다가 그동안 한 번도 짐작한 적이 없었던 그의 이야기 몇 개를 알게 되었다.

시부는 어렸을 때엔 눈에 전혀 문제가 없었다. 지금도 그때 보았던 여러 가지 빛과 색깔을 기억한다고. 불행히도 일곱 살이 되었을 때 몸이 많이 아팠다. 하지만 그의 집은 끼니를 걱정해야 할 만큼 가난해서 제대로 된 치료를 받을 수 없었다. 그러던 어느 날 그의 외삼촌이 그를 아주 멀리 떨어진 병원에 입원시켰다. 안타깝게도 어떤 조치를 취할 수 있는 시기가 지났다는 의사. 그리고 시부는 병원에 혼자 남겨졌다.

외삼촌과 엄마가 그를 버렸다고 했다. 시부는 그 뒤로 열여덟 살이 될 때까지 단 한 번도 가족을 만나지 못했다. 다행히 영국에서 네팔로 선교활동을 온 선교사가 시부의 사연을 알고 대모(Godmother)가 되어 그를 물심양면으로 지원했다. 그 덕에 시부는 학교를 다닐수 있었고 그는 어쩌면 가족이 자신을 버린 게 오히려 잘된 일이었는지도 모른다며 조금 자조적으로 웃었다.

한참 동안 멀뚱멀뚱 이야기를 듣고 있던 나는 무슨 말이라도 해야 할 것 같았지만 어떤 말을 해야 할지 몰랐다. 그래서 나는 가만히 있었다. 시부도 그저 꽤 오랫동안 아무에게도 들려주지 않았던 이야기라고만 하고는 천천히 한 손으로 접시를 가늠하며 남은 밥을 먹었다.

그가 가슴에 품고 사는 이야기를 들으며 동정심이 들었던 것은 아니다. 내가 그런 삶을 살지 않아서 다행이라는 생각도 들지 않았다. 시부는 가끔 색깔이 있는 꿈을 꾼다고 했다. 그의 말에 따르면 후천적으로 시각을 잃은 경우에만 색깔이 있는 꿈을 꿀 수 있다.

뚜벅뚜벅.

투정도 없이 커다란 이야기를 가슴에 가득 안고 묵묵히 시부가 제 길을 걸어간다. 나는 다만 그걸 보고 있다.

우리만 알지 못했던 일

어느 날 바람이 너무 좋아서
우리는 시부의 손을 잡고 여행을 떠났다.

이곳은 집들이 모두 노랑인 걸 너는 모르지.
빛바랜 주황색 지붕을 햇살이 어떻게 안아주는지도 너는 모르지.

세 살 난 네 딸의 막 감은 머리를 다 말린 후에
바스스 바스스 만질 때의 그런 색이야.

하지만 시부는 하나하나 자신에게 설명하지 않아도 괜찮다 말했지.
보지 않아도 세상의 표정을 다 알겠다 웃었지.

그래, 우리만 알지 못했던 날들.

서로 다른 방법으로 힘껏 세상을 만지면서
똑같은 길 위에 똑같이 어딘가로 열심히 떠나고 있었지.

안녕하세요, 서른 살

브라질에서 온 아나는 감정 표현이 지나치게 확실하고 간혹 영어를 잘 못 하는 사람을 조금 무시하는 듯한 버릇을 가지고 있지만, 그럼에도 불구하고 내가 올해 알게 된 사람 중에 손에 꼽을 만큼 멋진 여자다. 솔직하고 유쾌하며 적극적이다. 내숭 같은 건 없다. 그녀의 큰 웃음소리는 강력한 바이러스를 가지고 있어서 일단 그녀가 떴다 하면 누구라도 금세 걱정을 접고 따라서 큰 소리로 웃을 수 있을 만큼.

아나가 이제 서른 살이 된다. 우리는 이 특별한 생일을 위해 아주 조촐한 파티를 열었다. 서른 살이 된다는 건 다른 생일과는 다른 법. 서른 살이 되는 것이야말로 진짜 어른이 되는 거라고 우리는 생각했다. 또 몇 명은 서른 살이 지나면서 우리는 이제 본격적으로 늙기 시작하는 것이라고 믿고 있었다.

초콜릿 무스가 잔뜩 얹힌 코코아 케이크를 먹으며 누군가 말했다. 서른 살이 되는 건 이제 비난할 사람이 없어지는 것이라고. 잘된 일이든 잘못된 일이든 온전히 자기 책임이 되는 나이라고. 다른 친구는 서른 살은 자신이 무엇을 하고 있는지 알아야 하는 나이라고 했다. 나는 그게 아마도 자신이 가고 있는 길에 대한 확신이 있어야 한다는 뜻이라고 이해했다.

한편, 정말 눈 깜빡할 사이에 서른 살이 한참 지나버린 나는 오히려 그들보다 더욱 서른 살이 된다는 게 뭔지 알지 못하는 것만 같다. 돌아보면 내가 좀 더 어릴 때 그리던 서른 살이란, 숙제를 풀 수 있는 나이였다. 미래. 가족. 사랑. 꿈. 나 자신에 대한 산적한 숙제가 아마도 풀리기 시작할 나이. 혹은, 그렇게까지는 아니더라도 적어도 내게 주어진 숙제의 실마리를 가질 수 있는 때. 백 번 양보하더라도 풀 수 있는 숙제와 풀 수 없는 숙제, 똥오줌을 구분할 수 있을 나이는 되지 않겠는가. 그게 내게는 서른 살이었다. 그래서 나는 몹시도 서른 살이 되고 싶었다.

하지만 서른 살, 서른한 살 그리고 그 뒤로 이어진 나이는 제법 달랐다. 꿈은 밤하늘의 가장 희미한 별처럼 오히려 더 멀어 보였다. 나이 든 부모님은 더 쓸쓸해지고 나는 사는 것에 모르는 게 더 많아졌다. 자신을 적당히 감추고 포장하는 기술이 숙련되면서 오히려 비밀은 커졌다. 나라는 사람을 더 많이 알고 이해할수록 용서되지 않는 일이 많았다. 되고 싶은 나와 될 수 있는 나 사이에 거리는 곱절 늘었다. 시간이 지날수록 숙제는 오히려 많아져 갔다. 나는 숙제를 제대로 풀지 못하고 있었다.

초콜릿 케이크와 쿠키를 너무 많이 먹은 탓에 속이 달아서 잠을 이룰 수 없어 몸을 이리 저리 뒤척거리는 밤, 아나에게 단체문자가 왔다. 그 속에는 이렇게 적혀 있었다.

'서른 살. 오히려 모르는 것이 많아지는 나이.'

나는 피식 웃는다. 어떤 사람들은 인생이란 살아갈수록 아는 것도, 이해하는 것도 많아지는 법이라고 말하겠지만 꼭 그런 것은 아닌가 보다. 나 같은 바보들에겐 이상하게도 오히려 세상에 이해되지 않는 것들이 적나라하게 드러나는 나이인가 보다. 객관식 4지선다형 속에서 꼭 하나 들어맞는 대답이 있던 문제를 다 풀고, 이제 답이 없는 논술형 문제들을 풀어야 하는 나이가 되는 것이래도 맞겠다.

자, 그럼 나에게 마흔 살이란?

어디 보자. 아마도 풀지 못하는 숙제를 둔 채 너무 가슴 졸이지 않을 수 있을 나이라면 어떨까? 그런 좋은 나이. 그러니 숙제를 풀지 못하는 서른 살도 괜찮았다고 여길 수 있을 나이 말이다.

당신이 밤새 지은 문장

어쩌면 네가 글을 끄적이는 이유가 세상에 아린 말들을 내놓기 위해서라는 생각이 들었다. 너무 많은 날들 삶은 아름답지 않다고, 사랑은 때때로 한여름 길 위에 쏟은 물처럼 증발하고, 달려도 벗어날 수 없는 안개 속에 반쯤 갇혀 산다고. 검고 추운 낱말을 하나하나 불러내 연민하고 싶은 걸까. 너는 왜 상처 많은 그 언어가 반드시 필요하다고 믿을까.

그래야만 연한 이들에 관해 쓸 수 있기 때문일지 모른다. 길 위에 고양이 한 마리를 자꾸 돌아보는 자들. 여름이 다 가도록 한 마디 고백을 뱉지 못해 여러 새벽 애타는 자들. 꽃모가지 한 번 꺾은 일이 오래오래 잊히지 않는 자들. 그들 대신 울어줄 한 줄의 글이 되고 싶은 것인지.

가난하고 가난하지 않은 땅

창밖에는 눈이 그쳐 있었다. 다큐멘터리는 벌써 오래 전에 끝났지만 우리는 한동안 말이 없었다. 다 같이 모여 농담을 주고받으며 화기애 애하게 저녁을 먹은 것까진 좋았다. 아무래도 아프리카의 가난한 아 이들에 대한 다큐멘터리를 보기로 했던 것은 실수였다고 나는 생각 했다. 다큐멘터리를 골랐던 에이미도 푹 가라앉은 분위기에 사뭇 당 황스런 눈치. 이런 절절한 다큐멘터리를 보고 나면 마음 한구석을 누 군가 훔쳐가 버린 것처럼 허전해진다.

그래서일까? 모두들 아무 말도 못하며 어색해하고 있자, 에이미가 머리를 긁적긁적하며 이야기 하나를 시작한다. 말라위의 슈퍼마켓 소년에 대한 이야기다.

소년의 이름은 메디슨이었다. 캐나다에서 언론학을 공부하고 있던 에이미는 북유럽으로 오기 전에 아마추어 저널리스트 자격으로 UN 의 지원을 받아 말라위를 6개월 동안 취재했다. 그녀에게 아프리카 말라위는 가난한 땅인 동시에 낯설고 신기한 일과 사람들이 가득한 곳. 그리고 메디슨이라는 소년과의 짧은 인연은 그녀의 집 근처에 있 는 가장 큰 슈퍼마켓에서 시작됐다.

이런저런 생필품을 사러 그녀가 처음 그 대형 마켓에 들렀을 때, 입 구에는 여러 명의 꼬맹이들이 빈 봉지를 들고 줄을 서서 뭔가를 기다 리고 있었다. 아직 말라위가 낯설었던 에이미의 눈에는 똑같은 검은 얼굴에 아주 커다란 눈망울을 가진 수십 명의 아이들이 마찬가지로 똑같이 생긴 비닐봉지를 들고 슈퍼마켓으로 들어가는 사람들을 빤히 쳐다보고 있는 풍경이 이상해도 보통 이상한 것이 아니었다. 혹시 생필품을 사서 나오는 사람들이 작은 빵 하나라도 주기를 기다리고 있는 것이라면, 아이들은 슈퍼마켓의 입구가 아닌 출구에서 기다리고 있어야 맞는 것. 동행했던 UN 직원에게 이 아이들이 뭘 하고 있는 것이냐고 물었다.

_쇼핑하는 사람들의 물건을 들어주는 일을 하는 거예요.

그랬다. 외국인이 많이 사는 그 지역의 가장 큰 슈퍼마켓 앞에서 이 아이들은 손님을 기다리고 있었다. 그래서 쇼핑카트 대신 손님을 따라다니며 그가 고르는 빵과 음식들을 저 검은 비닐봉지에 담는 것. 그리고 손님이 계산을 하고 나오면 몇 푼의 팁을 받는다. 처음엔 이 아이들의 조그마한 손에 그들이 갖지도 못하는 것들을 잔뜩 담은 봉지를 들린 채 쇼핑을 한다는 게 이상하고 어쩌면 잔인한 일일지도 모른다고 생각했던 에이미도 어느 샌가 자연스럽게 아이들의 고객이 되었다. 그리고 언제부턴지 에이미의 전담 쇼핑 도우미도 생겼다. 그 녀석의 이름이 바로 메디슨.

작은 빵 하나를 고르려고, 혹은 조금 무거운 뭔가를 사려고 마켓에 갈 때도 에이미는 항상 메디슨 차지였다. 꼬맹이는 정해진 약간의 수

고비 그 이상을 바란 적이 한 번도 없었다. 언젠가 에이미가 조금 더 돈을 주려 하자 이 프로페셔널한 꼬마는 손을 휘휘 저어가며 이렇게 말했다.

_나는 누구에게도 구걸을 하지 않아요. 일을 하고 있는 거죠.

반년의 취재를 마치고 우정이라면 우정, 비즈니스라면 비즈니스 관계일 수 있는 이 꼬마와도 헤어져야 하는 시간이 다가왔다. 마지막 쇼핑 날. 그날도 에이미는 메디슨의 고객이 되어 쇼핑을 하며 크레파스와 색연필과 노트와 수첩 같은 것을 샀다. 그리고 마켓을 나와 검은 봉지를 건네주는 메디슨에게 다시 그 봉지를 돌려주며 이렇게 말했다.

_공부를 하고 싶어서 일을 한다고 했지? 받아도 괜찮아. 이건 그냥 주는 게 아니라 일종의 연말 보너스거든.

어리둥절한 메디슨의 그 천사 같은 눈이 두 배쯤 커졌다. 잠깐 망설이는 듯도 보였다. 그렇지만 이내, 반짝반짝 치아를 활짝 드러내며 웃는다. 에이미의 손등에 그 작은 입술이 쪽! 뽀뽀를 했다. 그녀의 아프리카에 꽃이 피는 순간이었다. 눈이 오는 순간이기도 했다. 그녀가 간직하는 아프리카의 가장 예쁜 추억. 그게 에이미의 말라위였다.

그 뒤로 에이미는 말라위의 친구에게 꼭 한 번 메디슨을 찾아봐달라고 부탁을 한 적이 있다. 그리고 다음날 친구가 마켓에 들러 누가 메디슨이냐고 묻자 수십 명의 아이들이 모두 손을 들며 자기가 메디슨이라고 했단다. 맙소사.

아프리카의 슬픈 다큐멘터리를 다 함께 보고 다소 의기소침해졌던 우리는 이상하게 그처럼 짠하면서도 행복하고 귀여운 말라위 소년의 이야기를 들으며 조금 기운이 났다. 가난한 땅. 하지만 가난하지 않은 사람이 있었다.

영혼을 위한 패스트푸드

무슨 일이 있어도 방해 받고 싶지 않은 시간이 있다. 이 시간만큼은 세상이 두 쪽 나도 양보하고 싶지 않다. 다름이 아니라, 일단 비웃지는 마시라. 바로 한국 텔레비전 프로그램을 보면서 패스트푸드를 먹는 시간이다.

무엇보다 이 시간을 위해서는 혼자 해치울 수 있는 최대량의 패스트푸드가 필요하다. 햄버거가 두 개일 필요는 없지만 대신 치즈가 듬뿍 들어간 제일 큰 게 있어야 한다. 그리고 감자튀김과 콜라는 특대 사이즈. 어니언링과 치킨 몇 조각도 필수다. 이왕이면 치즈스틱 같은 것도 있으면 좋겠지만 항상 욕심을 차릴 수는 없는 노릇이니깐.

그리고 한국 드라마, 연예 프로그램을 보면서 두 시간이고 세 시간이고, 어떤 날은 해가 다 질 때까지 한 자리에 앉아 느릿느릿 그 많은 패스트푸드를 다 먹어 치우는 거다. 심지어 이런 고민을 한 적도 있다. 혹시 내 뇌에 식욕을 제어하는 기관이 고장 난 것은 아닐까? 테이블 가득 놓인 많은 음식을 다 먹고 돌아서며 다시 허기진 적도 있으니, 말 다 한 거지.

그게 좋은 건지 나쁜 건지는 모르겠지만, 아무도 들거나 나지 않는 빈 방에는 나를 뭐라는 사람도, 그만 먹으라고 타박하는 사람도 없다. 그리운 것이 많으면 아무리 채워도 속이 차지 않는 법. 그러니 이틀, 삼일, 나는 내 안의 허기가 다 사라질 때까지 패스트푸드로 가득 채운다. 좀 무식해 보여도 할 수 없다. 그렇지만 한참 그러고 나면 이제 또 얼마간은 샐러드나 계란프라이 같은 소박하고 단출한 음식으로 살기도 하고 하루에 한두 끼면 충분해지기도 하는 것.

그런데 사실 이곳 트롬쇠 섬에는 작은 문제가 하나 있다. 내 숙소에서 가장 가까운 패스트푸드점이 약 40분 거리라는 것. 더 골칫거리는 버스가 한 시간에 한 대만 다닌다는 거다. 그러니 여기서는 패스트푸드를 사가지고 와서 먹으려면 적어도 두 시간 남짓 투자해야만 한다.

그 번거로운 일을 왜 하냐고 묻고 싶은 사람들이 있을지도 모르겠다. 고작 패스트푸드가 뭐라고. 하지만 내게 이 일이 얼마나 번거로운지는 사실 그렇게 중요하지 않다. 누구나 남들 보기에는 터무니없지만 그 자신에게만큼은 더없이 중요한 그런 시간이 있는 법이다. 옛 직장 동료는 혼자 버스 타고 가는 시간이 너무 소중해서, 아무리 친한 사이라도 함께 버스를 타고 가는 것만큼 끔찍한 일은 없다고 했다. 아는 누님은 한 달에 한 번 구두 쇼핑을 가는데, 지인의 결혼식과 겹치면 결혼식에 가는 것을 포기하기까지 한다. 아, 어머니는 매일 일요일 오전 전국 노래자랑을 할 때면 집에서 소란을 떨어서는 안 되며 오는 전화도 잘 받지 않는다.

내게 있어 한국 프로그램을 보며 패스트푸드를 먹는 시간은 일종의

치유 시간. 신경 써야 하는 것들은 모조리 머릿속에서 치워두고, 여행도 다 잊어버리고, 참 단순하고 순전하게 나를 가득 채우는 시간이다. 그러니 이건 평범한 패스트푸드가 아니다. 먹기 위해서 자그마치 두 시간을 투자해야 하는— 세상에서 가장 느린 힐링 푸드다.

무엇이 자신을 치유하고 있는지 모르는 사람이 꽤 많았다. 그래서 그런 사람들은 다른 사람들의 때론 바보 같고, 때론 무식하고, 때론 어처구니없는 치유 방식을 참 사소하다고 생각하곤 한다. 하지만 영혼을 위한 닭고기 수프라는 말도 있다. 그게 별건가. 영혼을 위한 패스트푸드는 물론이고, 영혼을 위한 고스톱이나 영혼을 위한 쇼핑, 영혼을 위한 프라모델 수집, 영혼을 위한 게으름 같은 게 있기 마련이다. 뚝딱뚝딱 또 한 판 열심히 살 힘이 생기면 되는 거다.

아주 사소한 것들

어느 비 오는 날 창문에 맺힌 물방울들이 또르르 굴러 내리는 걸
가만히 지켜본 게 언제였더라.

심술 난 바람이 아직 꽃도 맺지 않은 나무들을 마구 흔드는 소리를
먹먹하게 들어본 게 언제였더라.

아무 올 사람이 없는 공원에 앉아 아무 것도 기다리지 않으면서
세상에 신나는 일뿐인 아이들의 얼굴을 천천히 구경한 건
또 언제였더라.

돌아보면 내 사람들에게 고마운 일이 너무 많아서
부끄러워 고맙다 말하는 대신
새로 나온 책 한 권을 선물한 건 언제였더라.

꼭 지금 하지 않아도 되는 일들. 그래서 꽤 오래 하지 않았던 일들.
하지만 다시 보니, 내가 아는 모든 안녕한 사람들은
그 조그마한 일들에게 시간을 내어줄 줄 아는 사람들이었다.
고작 몇 시간, 작고 귀한 일들에게
삶을 내어주지도 못하면서 먼 여행의 행복만 꿈꾸고 있는 것은

어쩌면 이리 어수룩하고 바보 같은 일이었을까?

사미의 집

여행을 통해 떠나는 것이 다른 모든 종류의 떠나는 것과 다른 이유는
돌아가야 하는 곳이 있다는 데 있다. 여행은 돌아간다는 것을 전제한
다. 여행의 호사와 만용은 돌아갈 곳이 없다면 아마도 누릴 수 없는
것. 그러므로 여행자에게 가장 두려운 것은 어쩌면 돌아갈 곳을 잃어
버리는 것일지도 모르겠다. 고향이나 가족, 혹은 다른 무엇이 되었든
집이라 부를 만한 것이 없어지는 것.

비단 여행자만의 이야기가 아니다. 형형색색 빨갛고 파란 전통의상
을 자랑스럽게 차려 입은 여자가 내 앞에 있다. 사미의 여자. 할머니
의 옷을 다시 눈여겨본다. 나는 어젯밤 모닥불 앞에서 그녀에게 전해
들었던, 집을 잃어버리는 고통에 대한 이야기가 떨쳐지지 않는다. 목
에 두른 화려한 머플러의 무늬가 꼭 그 상실의 기억을 따라 새겨 넣
은 문신 같았다.

사미는 노르웨이, 스웨덴, 러시아, 핀란드의 북단에 넓게 걸쳐 살고
있는 소수민족을 뜻하는 말이다. 나는 3일 일정으로 노르웨이 북극
내륙에 있는 그들의 집단 거주지 핀마크를 여행하는 중이었다. 어젯
밤 만난 이 사미 할머니는 영어가 서툰 탓에 한참 동안 말이 없다가
시 한 편을 들려줬다.

> 나의 집은 나의 가슴에 있나니
> 나는 다만 이 가슴으로 그것을 증명하노라.

형제여 내가 무슨 다른 말을 할 수 있겠는가.

어느 날 그들이 와서 내 집은 어디에도 없다고 말했다.
그들은 종이쪽지를 내밀며
내 집이 아무에게도 속하지 않는다고 말했다.
그러므로 그들의 집이라고.

형제여 나는 무슨 말을 할 수 있는가.
이것은 내 아버지의 아버지에게서 나로 이어진 집이니
나는 다만 가슴으로 온 가슴으로 그것을 외칠 수밖에.

NILS ASLAK VALKEAPAA의 'Trekways of the Wind'(1994) 중에서

이 시를 이해하려면 사미의 역사를 조금은 알아야 할지도 모르겠다.
노르웨이, 스웨덴 같은 국가의 정부가 설립되기 훨씬 전부터 이 소수
민족은 땅에 뿌리를 내리며 살고 있었다. 그들 아버지의 아버지로부
터 이어진 땅이었다. 그런데 어느 날 스칸디나비아 국가의 정부들이
그들에게 땅에 대한 증거를 요구했다. 문서화된 증거가 없으면 그 땅
은 아무에게도 속한 것이 아니라고. 그러면 그건 정부의 소유가 된다
는 억지였다.

다만 가슴 속에 땅을 품고 살아온 사람들에게 소유를 증명하는 문서
같은 게 있을 리 만무했다. 그래서 사미들은 땅을 잃었고 문화를 잃
었고 집을 잃었다. 그 뒤로 다시 그들의 권리를 돌려받기까지 아주

오랜 시간 싸워야 했다. 또 그들 중 일부는 지금도 싸우고 있는 중이었다.

여행자에게 필요한 것은 무엇인가? 또 삶이라는 긴 여행의 가운데 있는 사람들에게 반드시 필요한 것은 무엇인가? 그것은 때로 따뜻한 잠자리라고, 사랑이라고, 혹은 가족이라고, 직업이라고 불리는 다양한 이름의 집이다. 나를 지키는 것은 내 집을 지키는 것과 조금도 다르지 않았다.

오늘밤 다시 사미들은 천막에 모여 앉아 그 오래된 삶의 노래를 부르고 있다. 하얀 접시에 따라주는 뽀얀 국물의 순록 수프를 얻어먹으며 나는 사미들이 오래 전에 잃어버릴 뻔했던 것들에 대해 주워들었다. 순록을 기르며 북극의 이쪽에서 저쪽으로 긴 계절에 걸쳐 별을 나침반 삼아 떠났던 그들 할아버지의 이야기도 들었다. 사미의 아이들은 겨울을 이기려고 튼튼하고 용감했다. 그들은 자신을 믿지 않으면 안 되었다. 하늘에는 꼭 소금을 쌓아 놓은 것처럼 별이 쌓였고 구름에 반쯤 가린 달은 거짓말처럼 크고 가까웠다.

웃지 않는 사진

나는 사진을 잘 찍는 종류의 사람이 못 된다. 대학 때 전공수업에서 광고 사진을 배웠지만 그때는 카피라이팅에 마음을 빼앗겼을 때여서 사진 수업 대부분의 시간을 딴 생각을 하며 보냈다. 사진 보정 수업도 대충이어서 포토샵도 제대로 배우지 못했다.

그래서 나는 피사체의 깊은 것들을 사진으로 옮겨내는 일을 잘 못한다. 좋은 작가는 대상을 앞에 두고 그와 대화하고 그를 열고 그를 끄집어낸다던데, 내가 허락을 받고 찍은 대부분의 사람들은 그저 웃어줄 뿐이다. 뻔하고 재미없는 사진이 나온다. 그것도 미숙한 내 탓.

그렇지만 가끔은 카메라를 향해 웃어주지 않는 사람들을 만날 때가 있다. 그들은 시무룩하게 카메라 렌즈를 바라보며 어정쩡한 포즈를 취한다. 그러면 조금 다른 사진이 나온다. 그들은 오히려 사진을 찍기 전이나 후에 웃어주는 일이 많았다.

오늘, 마을에 사는 그만그만한 사람들에게 술을 팔며, 때로는 여행자들에게 커피를 팔며 그를 닮은 너털웃음도 함께 파는 사람을 만났다. 그가 웃을 때마다 이마에 새겨지는 멋진 주름이 좋아 사진을 찍으려니 렌즈를 향해서는 오히려 그 환한 웃음을 싹 그친다.

_저번에 보니 난 웃는 것보다 웃지 않는 게 더 멋지더라고.

하기야, 우리가 때로 웃지 않는 것만큼 인간적인 게 또 무엇이겠는
가. 사진가를 위하지 않는 사진이 어느 순간 더 꽃 같다.

검은 뿔을 지고
여행하는 자

미야자키 하야오의 유명한 애니메이션 〈원령공주〉를 보고 난 후에
나는 꼭 한 번 꿈을 꾼 적이 있다. 하얀 눈 위에 자기 몸보다 더 큰
뿔을 가진 순록 한 마리가 나를 빤히 쳐다보고 있었다. 애니메이션에
서 그랬던 것처럼 숲을 다 품은 거대하고 신령한 나무 같은 뿔. 깊고
영롱해 칠흑 같은 순록의 눈. 나는 꼭 애니메이션 속 사슴 신을 보는
것처럼 그걸 바라봤다. 마음이 하얗게 다 사라지고 검은 순록 한 마
리만 그 안에 환상처럼 물끄러미 서 있었다.

삐이이익. 버스가 요란한 소리를 내며 급정거를 한다. 잠깐, 이건 꿈
얘기가 아니고 현실의 이야기. 안전벨트를 하지 않았던 사람들이 앞
좌석에 부딪히며 한바탕 소동이 일어났다. 사미들을 만나고 핀란드
의 국경을 지나 노르웨이로 돌아오는 길. 황량한 산과 강 사이에 길
게 뻗어 있는 외딴 도로를 달리는 중에 급정거를 해야 하는 일이란
흔치 않아서 모두들 무슨 일인가 싶어 창가로 모여들었다.

그리고 그곳에, 길게 뻗은 도로 한복판에 녀석들이 있었다. 깜짝 놀
라 좌우로 흩어지며 우리를 응시하는 검고 맑은 수십 개의 눈동자.
왕관 같고 짐 같은 검은 뿔을 머리에 이고 마른 나무와 아스팔트 위
를 일렬로 지나고 있는 수십 마리의 순록 떼가 나를 쳐다보고 있는
것이었다.

잠깐이었지만 꼭 시간이 멈춰버린 것 같다. 막상 사진으로는 많이 봐왔던 풍경이지만, 버스를 막고 서 있는 순록 떼를 실제로 만나다니. 버스 기사가 문을 열어주고 나서야 정신을 차리고 카메라를 챙겨 차 밖으로 나갔다. 이미 녀석들이 멀리 흩어져버려 아무리 줌을 당겨도 고작 먼 그림자만 카메라 앵글로 들어올 뿐. 한 걸음 다가가면 두 걸음을 멀어지는 녀석들. 그리고 이제는 아예 더 멀리 흩어지며 자꾸 뒤돌아 나를 쳐다봤다. 정확히는 버스를 경계하는 것이었지만, 그 검은 눈이 틀림없이 나와 마주쳤다.

버스로 돌아와 한참이 지나서도 마음에 차오른 순록들은 사라질 생각을 하지 않았다. 우연히 도로 한복판에서 순록 떼를 만날 수 있는 땅이라니. 그걸 사람에게 허락하는 순하고 착한 땅이라니……

스칸디나비아 대자연에서 순록은 사실 가장 흔한 짐승 중 하나였다. 하지만, 외지에서 온 사람들의 눈에 꽤나 신비한 동물이기도 했다. 곰처럼 위험한 것도 아니니 이들을 만나는 건 언제나 떨리고 기분 좋은 일. 게다가 핀란드, 노르웨이, 러시아의 북부지역에 걸쳐 살고 있는 사미들은 물론이고 꽤 많은 사람들이 이 녀석들을 길들여 방목해서 키우고 있다. 때로 순록은 도로에, 공원에, 집 앞마당에 아무렇지도 않게 제 모습을 드러내기도 한다.

이제 겨울에 들어선 지금, 내가 마주친 순록들은 아마도 대이동을 하는 중이었을 것이다. 순록은 한 번 우두머리를 정하면 좀처럼 쉽게 바꾸지 않는다고 하니 가장 크고 위엄 있는 뿔을 가진 순록이 무리를 이끌고 있을 터였다.

창문에 머리를 기대고 눈을 감았다. 아무렇게나 잠에 빠져들어 순록의 꿈을 꾸면 얼마나 좋을까. 아, 빼곡히 눈 덮인 숲에서 순록들의 등을 베고 오로라를 보는 꿈이라면.

아직 다 떠나지 못한 순록의 무리가 차창 저 멀리서 돌아본다. 희고 빛나는 눈 속을 헤매면서 멀리 여행하는 착한 짐승아. 부디 조심히 떠나고 무사히 봄이 되어 돌아오거라.

있지만 읽을 수 없는 마음

하루 종일 꼭 시체처럼 멍하니 돌아다니다가 새벽이 다 되어서야 집으로 돌아왔다. 가로등만 드문드문 켜 있는 길은 나갈 때보다 돌아올 때 훨씬 멀었다. 몸에서 꼭 내가 빠져나가버린 것 같다. 방이 있는 7층까지 엘리베이터를 타고 올라오는 시간이 너무 길다. 찰칵, 방문을 열고 들어와 나 하나 누우면 다 차는 조그마한 침대에 털썩 주저앉았다.

슬프다. 기쁘다. 행복하다. 아쉽다. 피곤하다. 어쩌다 저쩌다. 하지만 이런 말들은 실제로 마음이 갖는 수만 가지 감정들에 비하면 한참 모자라다. 아직 마음을 표현하는 말들이 반의 반의 반도 발견되지 않은 것 같은 느낌. 나는 슬픔과 아쉬움 사이의 어디에 있는 것도 같고, 다시 보니 그리움을 한참 지나 조금 전에 아득함도 지나친 어디에 있는 것도 같다. 노랑, 회색, 파랑만 세상에 있는 줄 알았는데 살다 보니 어느 날 문득 크림베이지 색이나 아이리스블루 같은 색이 나타나고, 그러면 아, 그게 이런 색이구나, 하고 아는 것처럼. 언젠가 누군가 마음을 말하는 다른 말을 더 찾아내면 그때야 나는 이 마음을 표현할 수 있을 것 같은 느낌이다.

일단, 텅 비고 가득 찬 것 같다고 해두자. 당신이 보고 싶었지만 하루 종일 보고 싶어 했으니 이젠 나 할 만큼을 다 한 것 같다고 하자. 당신이 없다는 사실이 다시 까마득했지만 그 역시도 하루 종일 서럽고 노여운 마음을 데리고 진을 다하도록 걷다 보니 이제는 별로 까마득할 것도 없다고 하자. 내가 써야 하는 열 가지, 스무 가지 되는 마음을 다 써버려서 지금은 아무 마음도 남지 않은 것 같다고 해두자. 뜨겁던 것도 차갑던 것도 다 없고, 이루어질 수 없는 걸 아주 오래 기다리는 것도 다 했고, 정말로 이제 미운 사람도, 그리운 사람도 없다고 하자.

아무 마음도 갖지 않은 나만 남았다. 혹은, 사람들이 지금까지 찾아낸 어떤 색으로도 말해지지 않는 마음만 남았다. 다른 마음은 다 쓰고 나면 지고 멈추는데, 슬픔이나 바람도 흩뜨릴 수 없는 마음이 하나 있었다.

아침부터 불던 모든 바람이 저마다 밤까지 다 불고, 마지막 바람이 지나고 난 자리에 무언가 남아 멀뚱멀뚱 창밖을 내다보고 있다. 끝까지 남은 것. 사람들이 말로는 아직 찾지 못한 마음.

다시 꿈이었다

나도 모르는 사이 또 편도선이 부어올랐다. 하루 이틀 말 안 하고, 차를 많이 마시면 괜찮겠지 생각했던 것이 화근. 잘 버티던 몸은 자정을 지나 무너졌다. 열이 올라 그러지 않으려고 해도 입에서 끙끙거리는 신음소리가 새어 나왔다. 헛구역질도 나왔다. 밤새 잠 한숨 못 자고 아침이 되어서야 겨우 잠이 든다. 그때다.

내게 그 사람이 있었다.

찬 수건을 이마에 올리며 열을 내려주고 있다. 부엌에서 수프를 끓이는 냄새가 너무 분명하게 풍겨 온다. 그 사람이 아무 말도 하지 않은 채 가만히 나를 내려다보는 저녁……. 꿈인가. 그렇다면 평생 헤매다 죽어도 좋을 꿈이었다.

또 꿈을 꿨다. 다시 한국이었다. 또 당신이었다. 꼭 나를 두고는 한 번도 떠난 적이 없는 것처럼. 다시는 어디로도 가지 않을 것처럼. 그보다 원망스러운 것이 없다. 대체 어떻게 당신은 그렇게 하얗고 깊게 나를 바라볼 수 있는가.

꿈에서 깨면 당신에게 따져 물을 것이다. 나는 그렇게 그득하고 따뜻한 눈이 무섭다고 해야겠다. 야멸차다 해야겠다. 아, 내가 아픈 것을 당신에게 들키는 것보다 서러운 게 내게 또 없다고. 그러니 내가 약한 때 다시는, 다시는 다녀가지 말라고 해야겠다.

허기지면, 가족놀이

고향집의 잡채가 먹고 싶다. 간혹 설탕을 많이 넣어서 너무 달 때도 있고 어느 때는 당면보다 시금치가 더 많을 때도 있지만 아무려면 어떨까. 친구 녀석이 자취방에서 함부로 끓여주는 라면도 먹고 싶다. 살짝 덜 익게 끓여서 마지막 한 가닥을 먹을 때까지 면이 꼬돌꼬돌한 게 중요하다. 가끔 나는 계란을 꼭 두 개 넣되 노른자가 섞이지 않게 해달라고 까다롭게 굴기도 했다. 김치가 없는 건 상관없지만 내 몫의 노른자를 친구 놈과 나눠먹는 것만큼은 정말이지 피하고 싶으니까. 술을 한잔 먹고 집에 돌아오는 길에 집어 먹는 조금 지저분하고 허름한 포장마차 어묵도 그립다. 아무렇게나 국물을 휘휘 국자로 떠 넣으며 떡볶이 농도를 맞추는, 그 무뚝뚝하지만 포실한 이모님들의 손이 왜 이리 생각나는지 모르겠다.

추석이었다. 큰집에는 상 가득 송편과 전이 올라 있을 것이 틀림없었다. 어머니는 또 밤늦게 조금 우울해져 있을지도 모르겠다. 몇 번이나 그렇게 말씀하셨다. 설날이나 추석 같은 큰 명절에는 어쩜 그리 더 보고 싶은지 알 수 없다고. 나는, 명절이라고 다를 게 있나요 뭐, 하고 무뚝뚝하게 웃었지만 사실 내 맘 한 구석도 비슷했다. 특히 나이가 조금 들면서 더 그래지곤 했다. 어머니가 치대고 절이고 부친— 당신 나이를 따라 조금씩 짜지는 그 음식들이 꽤나 먹고 싶었다.

_정훈 씨는 후식으로 아이스크림을 사오는 게 좋겠어요.

역시나 죽으라는 법은 없는가 보다. 다행히 고향 음식이 그리운 것은 나뿐만 아니었나 보다. 알고 지내던 한국 사람에게서 문자를 하나 받았다. 추석이니 왕누님 집에서 다 같이 모여 저녁을 먹자고. 각자 자신 있는 음식을 한 가지씩 해오기로 했는데 나는 요리가 서툰 특권으로 달랑 후식만 사가면 된단다. 이것 참 좋아도 이만저만 좋은 게 아니다.

트롬쇠에 사는 한국 사람은 모두 아홉 명. 그중 바쁜 세 사람을 빼고는 모두 명회 누님 집에 모였다. 누님은 단정히 한복을 차려 입고 있었다. 아들 녀석은 방에서 뭘 하고 있는지 음식이 다 되도록 나와 보지 않아서 누님께 기어이 한 소리를 듣는다. 한번은 어떻게 노르웨이, 게다가 북쪽으로 한참 위에 있는 작은 트롬쇠에서 살게 되었냐고 물었다. 웃는 듯 무심한 듯 알 수 없는 얼굴로 아주 긴 이야기라고만 답했다. 하기야, 나처럼 철새같이 다녀가는 사람이 아니고서는 이곳에 삶을 꾸린 사람들마다 가슴에 진한 영화 한 편 찍지 않은 사람이 있을 리 없었다.

드디어 상이 차려졌다. 아쉽게도 송편은 없다. 대신 퓨전스타일의 추석상. 양갈비는 달콤하고 푸짐했다. 정체를 알 수 없는 시큼한 맛의 떡볶이도 나름 괜찮았다. 많이 불어 있는 잡채도 제법 어머니 맛이 났다. 아주 두꺼운 전과 함께 나온 시저샐러드를 보니 외국은 외국이구나 싶다. 이 많은 음식은 남을 것이 뻔했다. 그러면 조금 싸달라고

해야지, 내일도 모레도 조금씩 먹을 수 있도록.

외로우면 허기가 진다. 명절이면 더 배고파졌다. 노르웨이에 오래 살았으니 먹을 만큼만 차리는 습관이 몸에 뱄을 텐데, 저리 많은 음식을 가져오고 차린 것을 보니 허기진 것은 나뿐만이 아니겠다. 그러니 오늘 하루 당신은 엄마, 또 당신은 누나, 그럼 나는 게으르고 빈둥거리는 철없는 삼촌. 아무도 말하지 않았지만 모두들 마음 안에선 가족놀이를 하고 있는 것. 그러면서도 나는, 엄마, 이것 좀 더 주세요! 같은, 아무리 허기져도 주책없이 이런 말을 하지는 말아야지, 하고 자꾸 속으로만 타이르고 있는 것이다.

빛이 아주 많다

어머니가 다시 수술을 받았다. 내가 아주 멀리 떨어진 이곳에서 샤워를 하고, 거칠어진 발과 몸에 열심히 로션을 바르고, 커피를 마시고, 고작 몇 줄의 글을 쓰는 동안 어머니는 대전의 작은 병원에서 마취를 하고 차가운 수술대 위에 누워 있었다. 한 시간이 채 안 걸리는 간단한 수술이었지만 수술 전 통화에서 어머니의 목소리가 가늘게 떨렸다.

수술이 잘 끝나고 마취에서 깨어난 어머니가 이제 집으로 간다고 전화를 했다. 담담한 어머니와는 달리 옆에 있는 이모는 짧게 나와 통화를 하는 동안 내내 울었다. 왜 우냐는 내 물음에 이모는 그냥 내 목소리가 반가워서 그렇다고만 했다. 나는 전화를 끊고 밖에 나가 눈이 오는 숲을 한참 바라보다가 커서가 깜빡거리는, 아까 쓰다 말았던 이야기로 돌아왔다. 창문 밖에 새벽 네 시가 가까운 시각, 캄캄한 노르웨이 숲이 꼭 하나의 커다란 점 같았다. 숲길을 밝히는 드문드문한 가로등만 빛나고 구름도 하늘에 묻혀버렸다.

그대가 비록 어딘가에 혼자 있어도 그대의 여행은 결코 혼자 하는 것이 아니라는, 이름도 기억나지 않는 어떤 작가의 글을 처음 봤을 때, 나는 그걸 일종의 위로라고 생각했다. 그러니까 외로워하지 말고 당신의 여행에 충실하라는. 하지만 다시 생각해보니 그건 위로라기보다 일종의 경고 같은 게 아니었나 싶다. 너의 여행은 네가 잘나서 주어진 것이 아니니 허세 그만 부리고 그 여행의 무게를 잊지 말라는.

우리는 누구나 다른 사람을 통하지 않고는 자신을 규정할 수 없도록 태어난다. 거울이 없이는 자신을 볼 수 없는 것처럼 타인을 통해서만 이 나를 알 수 있는. 내가 사랑했던 사람들을 빼고, 내가 지금 사랑하는 사람들을 빼고 나면, 그래서 남은 나라는 사람이래야 고작 얼만큼 되는 걸까. 누군가의 여행도 마찬가지다. 그 여행은 그의 것이지만 역설적이게도 그만의 것이 아니다.

무엇의 힘으로 나는 이곳에 왔을까. 누구의 힘으로 나는 이곳에 있을까. 내가 떠나옴으로 세상의 어떤 사람은 무엇을 잃어버렸나. 가질 수 있는 것을 갖지 못했나. 그립지 않아도 되는 것을 그리워하게 되었나. 그 관계를 통해 여행의 그림자를 봤다. 선택은 온전히 나의 것이었지만 나를 지탱하는 힘은 언제나 나를 넘는 것. 그러니 여러 가지 의미로 이 여행은 아주 많은 사람들에게 빚을 지고 있다.

나는 빚으로 여행을 하고 있다.

누가 빈 숲에 등을 켜뒀을까

하얀 눈만 참 지독하게 쌓여 있는 겨울 숲의 허허벌판 위에서
가만히 켜 놓은 가로등 하나 발견하고는 마음이 놓였다.

사람들은 아무도 없어도 저 가로등이 혼자 빛났다.
저 등으로 밝히는 빛이 고작 얼마겠느냐 하겠지만

가슴에 겨울을 살고 있는 누군가 저 혼자 무너지려 숲에 왔다가
등 아래서 한참 울고 돌아간 것을 나는 이제야 알겠다.

저 등을 혼자라도 꼭 켜둬야 한다고 처음 생각했던 이는
살면서 몇 번이나 추운 숲에 쓰러지러 왔을 사람.
그러고도 누구도 말려주지 않는 숲이 두고두고 서러웠을 사람.

사람들은 다 같이 홀로 어둠을 데리고 다니지 않는가.

그러니, 다니는 이 없이 얼음뿐인 숲이라도
봄이 오기 전까지는 밤낮 없이 외등을 켜두는 것.

죽으러 온 사람 죽지 말고 그냥 등 아래 한참 울다 가라고.

사랑이 끝났다

우리가 처음 만났을 때 그 사람은 내게 물었다. 노르웨이는 무엇이 가장 특별한가요? 나는 무심히 말했다. 노르웨이는 10월부터 눈이 아주 많이 오고 꽤 춥지요. 적잖이 실망하는 눈치. 그래서 다시 곰곰이 생각한 끝에 조금 과장해서 고쳐 말했다. 노르웨이는 밤마다 창밖에 오로라가 펼쳐지고, 길에서는 큰 눈과 뿔을 가진 순록들을 만날 수 있지요.

이번에는 그 사람의 눈이 반짝반짝 빛났다. 그러고는 뽀얗고 가지런한 치아가 활짝 드러나도록 웃었다. 나도 따라 웃으며 김이 다 빠진 맥주를 한 모금 마셨다. 그때부터 내 별명은 순록남이 되었다. 내가 태어나서 가져본 별명 중 가장 멋지고 아름다운 별명이라고 생각했다.

나는 그 사람이 좋았다. 꼭 아기 고양이가 뽀얗게 쌓인 눈 위를 조심조심 걸어가는 것처럼 그렇게 아주 조심조심 사뿐사뿐 이야기하는 말투가 좋았다. 겨울나무처럼 앙상한 팔과 다리가 좋았다. 그 사이로 흐르는 투명한 강처럼 맑고 창백한 피부가 좋았다. 아이쿠, 이런, 세상에, 맙소사 같은, 꼭 초등학생처럼 혼잣말로 내뱉는 감탄사가 좋았다. 그러면서도 어떻게 그렇게 어른스러워 보일 수 있는가.

나는 그 사람의 한가운데로 들어가고 싶어졌다. 그것도 빨리 그렇게 되고 싶었다. 머지 않아 다시 짐을 챙겨 어딘가로 떠나기로 되어 있던 나는 그 사람이 기다릴 수 있도록, 꼭 그럴 수 있도록 섣불리 그 마음의 중심이 되고 싶었다. 가지고 싶은 걸 갖지 못하면 먹을 수도 잠잘 수도 없는 어린아이처럼 나는 모르는 사이 조급하고 안절부절 못하는 사람이 되어 있었다. 다시 생각해보면 그 사람 마음에 커다란 구멍을 만들고 싶었는지도 모르겠다. 내가 아니고서는 채워질 수 없는 깊고 까마득한 구멍.

어떻게 작별이 찾아왔는지 설명할 방법이 내게는 없다. 마치 손을 뻗어 만지면 녹아버리는 눈송이처럼 이별 이야기는 말이 되는 순간 왜곡되어 버린다. 세상의 모든 헤어지는 이야기는 어차피 두 사람만 알 수 있는 것. 아니다, 어쩌면 그 두 사람마저 이해하지 못하는 것일지도 몰랐다. 똑같은 이별을 두 사람이 겪었다고 착각하지만 사실 사람들은 서로 다른 사랑을 하고 서로 다른 이별을 하지 않는가?

다만 확실한 건 나는 그 이별을 받아들일 준비가 되어 있지 않았다는 점이다. 어쩌면 언젠가 오겠지만 그때는 아니었다. 그리고 몇 달. 그에게 만들고 싶던 검은 구멍을 내 안에 가지고 허투루 살았다.

사랑이 여행과 닮은 이유, 혹은 누군가에 대한 따뜻한 연정이 여행과 닮은 이유를 아마도 수십 가지 댈 수 있겠지만, 그중 가장 분명한 하나는 때로 둘 모두 우리에게 아무런 준비가 되어 있지 않은 순간 끝나버린다는 데 있었다. 마음은 아직 그곳에 남아 있는데 몸만 덩그렇게 내 작고 검은 방에 홀로 돌아와 버렸다. 나는 이 아름답고 절박한 여행을 마치지 못했는데 이미 여행은 끝나 있었다.

그래도 어쩔 수 없지 않느냐, 자꾸만 고개를 돌리는 마음아.
우리는 이제 집으로 돌아가야만 한다. 돌아가야 한다.
돌아가야만 한다.

오래 그리웠습니다

내가 이제 한국으로 돌아가면 가장 하고 싶은 일은 맛있게 튀겨진 치킨을 자정 즈음 생맥주와 함께 시켜 먹는 일도, 오래되어 그리운 벗들과 새벽까지 시시콜콜한 이야기를 나누는 일도 아니다. 스물네 시간 쉬지 않고 한국말이 쏟아져 나오는 텔레비전을 보는 일도, 동네 앞에 떡볶이를 길 가다 무심히 주워 먹는 일도 아니다.

그건 나이 든 어머니의 작고 주름진 손을 꼭 잡고 대천 앞바다로 대하를 먹으러 가는 일. 아버지의 나이만큼 흐릿해진 마른 두 손에 오만 원짜리 지폐 한 장을 가만히 쥐어드리는 일.

늙은 부모에게 연민의 마음을 갖게 되었다. 언제부턴지 내 가슴에 슬프고 아련한 뭔가가 생겨났다. 집을 떠나 품은 뻔하고 싱거운 마음인 게 틀림없었다. 어느 날 다시 집으로 돌아가 날마다 삶에 부대끼면 또 언제 그랬냐는 듯 무뎌질 마음이었다.

그래도 오늘 밤 나는 너무 멀리 떨어져 있지 않은가. 일만 킬로미터 떨어진 이곳, 그래서 무슨 일이 생기면 한걸음에 달려갈 수 없을 만큼 먼 곳. 이상한 꿈이라도 꾸거나 평소 전화가 오지 않는 시간에 어머니라고 수신자가 찍힌 전화벨이 울리면 가슴이 철렁 내려앉는 곳. 그렇게 까마득한 고향에 노부모를 두고 나는 이곳에서 감히 다른 세상을 보겠노라, 허세를 부리고 있었다.

철들지 않는 무심한 외아들을 겨우 가끔씩 인터넷 화상전화로만 볼 수 있다는 건 어떤 것인가. 지금 보지 않으면 꼭 죽을 것만큼 좋아했던 그 사람, 혹시 그때 애달픈 마음을 기억해 보면 가늠할 수 있을까. 일흔 해가 넘치는 시간을 뚜벅뚜벅 살아가는 외로움이란 무엇인가. 나는 이제 겨우 조금 나이를 먹었을 뿐인데 벌써 무서운 그 외로움을 어쩜 그리 내색도 없이 무심하게 살아왔는가.

그들을 다시 만날 때는 사랑한다는 말 부끄러워서 하지 못할 테니 이렇게 고쳐 말해야겠다. 참 오래 기다려주셨다고. 참 오래 그리워해주셨다고.

여행, 그 다음의 사랑

여행을 통해 사랑의 세계도 조금씩 변하고 있었다.

뭐랄까. 파도가 함부로 침범하는 검은 절벽 위에서 당신을 더 절박하게 그리워했다면 정확할까. 긴 길을 걷는 동안 서로의 걸음을 지켜주며 내가 도착해야 하는 집이 결국은 너라는 것을 배웠다고 하면 좋을까. 바람의 온도와 꽃의 귀함을 더 기민하게 눈치 챌 수 있게 되었다면, 삶이 조금 덜 빛나고 조금 더 느리게 흘러도 괜찮을지 모른다고 의심하게 되었다면 맞을까.

당연한 일이다. 저 많은 풍경과 사람들이 다른 말과 몸짓으로 사랑을 가르쳐주고 지났으니. 사소한 날 속에 눈부신 사랑을 비로소 읽는다.

마침내 이 밤의 끝

겨울의 끝으로 가보는 것은 어떨까? 하얀 눈으로 세상을 모두 감춰버린 곳으로. 이제 노르웨이를 떠날 날이 얼마 남지 않았다. 바람을 따라 눈이 쏟아져 내려 함부로 바라볼 수도 없는 겨울의 한 가운데로 들어갔다가 도망치고 싶었다.

노르웨이에서 알게 된 몇 명의 지인에게 북 노르웨이에서 꼭 가봐야 할 곳이 있다면 어디겠냐고 묻자, 그들은 어김없이 스발바르 제도와 센야 섬을 꼽았다. 북극해에 있는 스발바르 제도는 말 그대로 북극에 속하는 지역으로 전혀 다른 풍경과 어쩌면 북극곰도 볼 수 있을 것. 하지만 교통편이 좋지 않고 예상 비용이 만만치 않아 쉽게 엄두를 내기 어려웠다. 그래서 대신 센야 섬을 목적지로 정했다. 그들은 숨 막히는 노르웨이를 만날 수 있을 것이라고 주저하지 않고 말했다.

센야는 눈과 바람에 파묻혀 있었다. 절벽과 절벽 사이 수십 개의 터널만 커다랗게 입을 벌린 채 사람의 길을 잇는 중. 구불구불 흐트러진 길만 산을 넘어 외떨어진 작은 마을에 닿는다. 이젠 익숙해질 법도 한데 여전히 신비로운 얼음산에 덩그러니 서 있는 마을의 이정표. 물빛은 칠흑같이 검고 작은 마을 집집마다 현관에는 겨우내 쓸 장작을 가득 쌓아 놓았다.

검은 협곡 위에 하얀 눈이 무너져 내린다. 나무들은 저마다 고요하게 문을 잠그고 동면에 들었다. 하늘은 더 이상 푸르지도 않고 저 끝도 없는 눈을 닮아 희고 탁한 빛. 그러면 눈 덮인 산 끝이 그대로 다시 하늘을 잇는 것이다. 어느 것이 하늘이고 눈이고 산인지 알 길이 없었다.

눈 덮인 협곡 너머로 작고 창백한 해가 지는 곳.
아무 것에도 상처 입지 않은 아이들이 겨울을 닮아 짧고 희미한 노을을 구경하러 작은 항구로 아무렇게나 모이는 곳.

나는 어쩌면 이곳에 닿으려고 달려왔나 보다. 그래서 멈출 수 없을 만큼 가슴을 턱, 하고 먹먹하게 만드는 이 빛을 아마도 아주 오랫동안 그리워하며 살아야 할 것인가 보다.

노르웨이의 겨울 숲에 살던 내 여행이 끝나가고 있었다.
하지만 괜찮다.
이곳이 내 겨울의 끝이래도 이제 믿겠다.
더 이상 갈 곳이 없대도 나는 아무런 상관이 없겠다.
그래서 까마득한 눈의 숲을 질금질금 보고 싶어 하며 살래도

나는 정말 아무것도 슬프지 않겠다.
이젠, 봄이 오는 곳으로 돌아가도 되겠다.

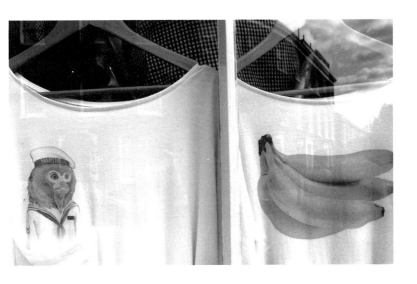

흰 눈 위에 단정한 발자국 몇 개
그대 또 혼자 기다리고 갔나 보다.

가끔은 세상에서 사라지고 싶어서

개정판 1쇄 인쇄 | 2018년 12월 4일
개정판 1쇄 발행 | 2018년 12월 12일

글 · 사진 | 양정훈
펴낸이 | 변태식 **펴낸곳** | (주)부즈펌

책임편집 | 김현진 **디자인책임** | 김미지
총괄 | 박승열 **마케팅사업부** | 김대성 **경영관리부** | 강나율
제작 | (주)지에스테크 **종이** | 성진페이퍼

주소 | 서울시 강남구 테헤란로77길 11-12 9층 (삼성동, 아라타워)
전화 | 02-564-6006 **팩스** | 02-564-8626
이메일 | editor@voozfirm.com
출판등록 | 2005년 12월 8일 제 16-3790호

ISBN 979-11-87504-60-3 [13810]

❤ 라이카미는 ㈜부즈펌의 새로운 브랜드입니다.